書下ろし

夏の酒

涼音とあずさのおつまみごはん

内田 健

祥伝社文庫

目次

第一話 冷たいトマトを肴《さかな》に

あっつぃ――。

仕事を終えて退社した有村《ありむら》あずさは、会社を出た瞬間、思わずそう口に出してしまった。

暦は六月の上旬だ。

夕方、空の色は橙《だいだい》から藍《あい》へ美しいグラデーションを描く。

この時期、梅雨《つゆ》特有のじめじめとした蒸し暑さがちらほらと顔を覗《のぞ》かせはじめる。

夏本番で感じる、じりじりと肌が焼けるような暑さとどちらがマシか、議論が分かれるところでしょう。

歩く足の先の地面が濡れている。

ここ数日はずっとしとしとと雨が降っていた。

まだ梅雨入りしていないはずなのに、雨雲が張りきってしまっている。

折りたたみ傘を取り出すかどうか迷うくらいの雨が、あずさは一番うっとうしいと思う。

降《ふ》るなら思い切り降ってくれれば、いっそ諦められるのに。

降らないなら降らないで、からりと晴れてほしい。

万人に分かってもらえるとは思わないものの、同じように感じる人はきっといるはず。

ずいぶんと陽が沈むのも遅くなった。

十六時すぎくらいから強い日が差したためか、雨上がり特有の匂いがちょっとだけ漂っている。

この感じをあずさは嫌いじゃないのでした。

駅の改札を入り電車に乗ったのは、帰宅ラッシュがもう少しで本格化するという時間。

混みはじめてはいるけれど、隣の人と肩を押し合うほどではない。

あずさの仕事は始まるのが早い分、終わるのも早いので、こうしてギリギリラッシュ前に帰れるのだ。

自宅最寄《もよ》りの新小岩《しんこいわ》駅に着いた頃には、だいぶ空は暗くなっていた。

最近実施された駅ロータリーの工事のおかげで、喫煙所が通り道から遠くなり、煙たさを感じなくなったのがうれしい。

まだまだむわむわする空気の中、家へと向かうアーケードを歩く。

ふと目に留まったのは、鮮やかな赤色。

「あ、トマト」

道すがらの八百屋さんの店先で、ざるに載せられたトマトはいい色で、何となく目を奪われてしまった。

瑞々《みずみず》しい香りまで漂ってくるかのよう。

「お姉さん、このトマトうまいよ」

青果店のお兄さんが、あずさに元気な声をかけてきた。

「そうですね。まだギリギリ旬《しゅん》だもんね」

「そうそう、今が最後のチャンスだよ」

もう今を逃すと、次の旬は秋になってしまう。

特別トマトが大好物とか、そういうわけじゃあないのです。

旬のトマトはやっぱり美味《おい》しかったので、ちょっと旬についての印象が強かっただけだ。

トマトは時季によって特徴があって、甘いのは春や秋のもの。夏のトマトはさっぱりしていると言われている。

知っていることと言えば精々そのくらい。

三つで三九八円の真っ赤なトマト。

安くもないけど高くもない。まあこんなものかな。

手に取ってトマトの色を楽しむ。

「それなら三九〇円でいいよ」

スーパーだとおつとめ品にならないと値引きはないけど、個人商店だとたまにこういうことをしてくれることもあります。

たった八円。されど八円。

ありがたいことです。

「じゃあもらおうかな」

トマトを買って家に向かう。

思いがけない買い物だったのだけれど、これはこれでいい。

あずさの頭ではすでに、このトマトで作るおつまみが浮かんでいた。

きっと美味しいに違いない。

このところずいぶんと暑くなってきた。

冷たいこのおつまみは、きっと夫の涼音《すずね》も満足するだろう。

もちろんあずさも楽しみなのです。

心なしか、ほんのちょっとだけ足取りも軽い。

我が家が見えてきた。二階建てのアパートは、駅から遠い分、手ごろなお家賃と日がたっぷり差す南向きが魅力の物件だった。

ポストを覗《のぞ》いてから階段を上り、外廊下を進んで玄関ドアの鍵を開ける。

「ただいまっと」

真っ暗な2DKの部屋からは、もちろん返事などない。

帰宅後のルーティンはとりあえず置いておいて、あずさは手洗いうがいだけ済ませて、トマトを冷凍庫に入れる。

これから作るおつまみは、トマトがキンキンに冷えている方がいい。

八百屋さんでは常温で置かれていたので、まずは冷やすのです。

冷凍庫を開けてトマトを入れていると、凍《こお》らせてからしばらく経過したお肉を発見。

普通のお肉は、凍らせれば一か月、ひき肉は二週間ほど保《も》つらしい。

「そろそろこれも使っちゃわないとなぁ」

部屋着に着替えながら、ぽろっと独り言がこぼれる。

凍ったまま未《いま》だに冷凍庫で眠らせていることに、たいした理由はない。

まず解凍が面倒。

特定のお肉に合わせたメニューを考えるのが面倒。

ダブル面倒の襲来を受けてしまったからです。

料理を覚えたてというか、自炊をしはじめたばかりの頃は、美味しい料理を自分で作ることが色々楽しくて、考えることも手間もまったく苦ではなかった。

だが、ほぼ毎日自炊をしている今は、面倒さが時々顔を出す。

いかに楽ちんに時短で美味しいものを安上がりに作れるか、片付けも大変じゃないか、そのへんが最重要のテーマだ。

とりあえず今日のところは、件《くだん》の冷凍お肉には引き続きお眠りいただきまして——。

帰宅時のルーティンを片付けたところで、ちょうど五分前後は経過しただろうか。

あずさは麦茶を用意してテーブルについて、テレビをつける。

スマホを見ると、涼音からラインは来ていない。

涼音の定時は十八時。残業がある日は定時前に連絡が来るから、今日は残業なしだろう。

彼が帰って来て着替えて手洗いうがいして……とやっていたらちょうどいいぐらいの時間に、何となく適当に帳尻を合わせるのだ。

別に先に作ってもいいのだけど、どうせなら出来たてがいいでしょう。

あずさ自身も出来たてがいいので。待つのは苦じゃないわけで。

しばらく麦茶を飲みながらのんびりと過ごす。

「さぁて、やりますか！」

ちょうどいい感じの時間が経ったので、あずさはすっくと立ち上がる。

思いついているのは、そんなに手間はかからない料理。

まずは冷凍庫で一気に冷やしたトマトを取り出して、冷蔵庫へ移す。

次に材料と調味料を用意する。

玉ねぎ半分。ベーコン二パック。

サラダ油に料理酒とお砂糖、お酢、ごま油、お塩とコショウ。

「……あ、あれもいけるかな」

この材料たちでもう一品作れることに気付いたので、追加でコンソメと卵も用意する。

トマトのサラダとオムレツを作ることに決めました。

トマトサラダだけなら玉ねぎは四分の一でいいのだけど、もう四分の一使えば追加で一品いけて、残る玉ねぎは半分になる。いい感じ、というわけです。

トマトと卵は、まだ冷蔵庫の中にいてもらう。

まな板と包丁を取り出し、玉ねぎを半分に切って、片方はラップでくるんで野菜室へ。

茶色い皮をむいた二分の一の玉ねぎを真ん中から縦に切って、うち半分をぶんぶんチョッパーに入れる。

包丁でもできるけれど、これを使うと超簡単にみじん切りができるのだ。

容器に回転する刃をセットして、紐《ひも》を引っ張ると中の材料が細かく刻《きざ》まれていく。ネットで見かけて騙《だま》されたと思って買ってみたら、想像以上にいい買い物だった。

「省《はぶ》ける手間は省くのがいいでしょう」

簡単にみじん切りの完成だ。

ベーコンは四枚入り四パックセットで二五八円のところ、二つ買うと五〇〇円でお得、というやつ。

今日は二パック分を使う。

両方のパックを開いて一パック分だけ中身を取り出して、もう一方に重ね、幅一センチほどに切る。

パックの上で切ってしまえば、まな板が汚れない。ビニールも一緒に切ってしまわないようにちょっと注意するだけ。

ベーコンは生肉ではなく加熱調理済みなので、まな板を分けたり、洗ったりする必要はないかも、と思わなくもない。

けれどまあ、気分の問題。あずさは気にするけれど、気にしないご家庭をどうこう言うつもりはない。

衛生管理をしっかりしなきゃいけない飲食店じゃなくて、あくまで家庭料理なのだから。

フライパンに油をひいて、みじん切りにした玉ねぎとベーコンを軽く炒《いた》めます。

塩コショウを軽くパラパラやって下味を付ける。

料理酒をちょっとだけ入れてアルコールを飛ばしつつ炒めて、ベーコンに焼き色が入りはじめたら火を止めます。

半分くらいをスプーンで取り出してボウルへ。残りの半分はこのまま次のおつまみで使うのです。

ごま油、お酢、お砂糖を入れ、お塩を振って混ぜ混ぜ。

ごま油で香ばしさを。お酢でキリッと引き締めつつ、砂糖でお酢の強さを和《やわ》らげて、お塩で味の最終調整。

量的にはごま油とお酢は同じくらい、お砂糖はちょっとだけ、お塩は好みの味になるまで、という感じで。

前は計量スプーンでやっていたけれど、今は適当です。

ごま油で大さじ一杯強くらいかな。

味見。

「うん、美味しい」

ベーコン入り玉ねぎドレッシングのでき上がり。

今回はベーコンだけど、塩昆布を使ってもいい感じになるのは間違いない。

続いて、冷蔵庫からトマトを取り出す。

冷凍庫と冷蔵庫のコンビネーションにより、すでによく冷えていた。

さっと洗って、ヘタを取り、薄切りにする。

柔らかいものを切るときは、セラミック包丁が良き。軽くて錆《さ》びないし、切れ味が素晴らしくて研《と》ぐ必要がない。お値段はそれなりだけど。

スッと切れるのが気持ちいい。刃が欠けやすいというが、今のところそんな経験はない。

最近はセラミック包丁さんが大活躍をしているのです。

後はこれをお皿に盛ってトマトにかけて。

ブラックペッパーと乾燥パセリでも振ってみようか。

パラパラパラッと。

これでトマトサラダの完成。

鮮やかな赤いトマトの上に、ベーコンと刻み玉ねぎの具材がたっぷり載っていて、パセリの緑がアクセントだ。

「冷蔵庫に入れて、と」

冷え冷えで食べたいので、よーく冷やしておきます。

時計を見る。

あと少しで十九時。

もうそろそろ涼音さんが帰ってくる頃でしょう。

卵を四つ取り出して、手際よく割ってボウルに入れて、菜箸《さいばし》でカチャカチャと円を描くように混ぜる。

コンソメをパラパラと入れながら卵を溶かす。

こちらにも塩コショウを。

ちょっと味付けが濃いめになるだろう、というフィーリングで調味料を足していく。

ご飯のおかずにするならちょっとうすめがいいかな、というくらいに。

お酒に合わせるので濃いめがいいのです。

そのとき――。

「ただいまー」

「おかえりー」

計ったかのようなタイミングで涼音が帰宅した。

あずさの読み通りということで、ちょっとうれしくなってしまう。

先ほどベーコンと玉ねぎを炒めて、半分をそのままにしていたフライパンに火を入れ、ジューと音がしてきたら溶き卵を流し入れる。

菜箸を使ってオムレツの形を整えつつ下側が固まってきたら、フライ返しでひっくり返して表面を固める。

ちょっと崩れることもあってそれもまたご愛敬《あいきょう》だけれど、今回は綺麗に焼けたのでより満足感高し。

後は包丁で半分にして、お皿に斜めに重ねるように盛れば、こちらも完成だ。

涼音が部屋着に着替えてダイニングにやってきたので、冷蔵庫から取り出したトマトサラダと、まだ温かいオムレツ、取り皿と……。

それからこれが一番大事。

いつもの金麦二本と、冷やしてあったコップをお盆に載せて、キッチンの背中側にあるテーブルに持っていく。

「おお、いい匂いだなぁ」

オムレツを焼いていた香りが部屋に漂っている。

お盆の上のものを涼音と一緒にテーブルに並べて、ふたりとも席に着く。

「トマトサラダとオムレツです」

「あれ？　トマトなんてあったっけ？」

涼音も料理をするので冷蔵庫の中身は把握している。ふと疑問に思ったらしい。

あずさも在庫切れだったことは覚えていた。

だからこそ買ったわけであります。

「八百屋さんでいいのが売ってたから」

「なるほど。こないだ買ったのはすぐ使っちゃったからなぁ」

「帰り道で見かけて食べたくなってね」

このでき上がりを見れば文句はないだろう。

「食べよ、食べよ」

「そうしよう」

そんなやりとりの中、涼音の視線がちらちらと金麦に向いていることにあずさは気付いていた。

指摘なんて野暮《やぼ》なことはしません。だがちょっと笑ってしまう。

かくいうあずさも、金麦に視線が向くのを止められないので。

ふたりでコップと金麦をそれぞれ手に取って、黄金に辿《たど》り着く扉――プルタブをオープン！

冷えたコップに金麦を注いでいく。

ゆっくりと。

泡がちゃんと立つように。

今日もできた、あずさ的黄金比。泡と金色が三対七。

いつもの一杯にして最高の一杯。

涼音も同じくして、自分にとっての珠玉《しゅぎょく》の一杯を完成させていた。

コップに注ぐだけでここまで真剣になれるなんて……実はかなり幸せなんではなかろうか。

「それじゃ」

「今日も」

「お疲れ様」

ふたりの声が重なり、続いて耳心地のいいグラスを打ち合わせる音。

待ちに待ったこの瞬間。

この一缶で終わりだから、一気に飲んでしまうわけにはいきません。

ぐびりと一口。

そしてグラスの三分の一ほど一気に呷《あお》る。

麦の旨味とホップの香りが口の中に広がる。

キレがあるけど、刺激は強すぎない。クセも強くなく飲みやすいと感じる。うまーい！

いきなり量が多いかもしれないけれど、一口目だ。

ここでケチってもそれはそれで満足感が足りない。

楽しい楽しい晩酌《ばんしゃく》の始まりくらいは、景気よくいきたいものである。

たった一本のお酒でパーッと、とは、いまさらながらに自分でも笑ってしまいそうになるけれど、それはそれでいいのです。

一本しか飲めないからこそ、飲み方を大事に考えるわけであるからして。

冷たい喉《のど》ごしをぐっと楽しんだ後は、さっそくおつまみの出番だ。

トマトサラダをいただきます。

まず鼻に抜ける、ごま油の香ばしさ。

舌だけじゃなく鼻でも味わうこの香りを嫌いな人はいるだろうか？　いや、いない。

……多分。きっと。おそらく。
瑞々しいトマトの甘み。
炒められてまろやかな玉ねぎの旨味。ベーコンの持つジューシーさと塩気。
それは食べ応えを増す効果もある。
実にいいバランスだ。
口の中に広がるハーモニーを楽しみます。
「うんうん、いい出来！」
思わず自画自賛してしまう。
このメニューが居酒屋にあったら絶対頼んでいる。
リピート確定だ。
「ああ、いいね。これ居酒屋にあってもおかしくないや」
涼音も満足そうだ。
そうだろうそうだろう！
と、あずさはほくそ笑《え》んだ。
彼ならばきっとこの美味しさをわかってくれると思っていたから。
トマトを嫌いな人は一定数おられるので、涼音がそうだったらあずさの独《ひと》り占《じ》めだったけれど、幸いというべきか、涼音もトマトは好きなたちだ。

自分しか食べられないものを作っても面白くない。

ふたりで分かち合うからこそ、いいのだ。

「でしょ？　我ながらいい感じだと思ったのよね」

料理慣れしているあずさ。涼音も負けず劣らずの料理の腕を持っている。

別にふたりとも失敗しないわけじゃない。

水の加減を間違えてご飯がちょっとべちゃっとしてしまったりとかは時折起きる。

これが飲食店なら大変だけれど、家庭料理だからその失敗もご愛敬で。

そしてそういう失敗は味付けにも起こるわけで。

しょっぱすぎたり、辛かったり、甘すぎたり。

そういう失敗があるからこそ、こうして上手にできた時は、よりうれしい。

失敗を避けるためにはちゃんと計量するべきなのでしょう。

それを面倒だと感じるのもまた人情でしょう。

自分が料理しなかったら、もしかしたら失敗に嫌な顔をしていたかもしれない。

相手の失敗にも寛容になれるのは、自分も料理していてよかったな、と思うところであります。

趣味じゃなくて日々のおさんどんであればこそです。

そんなことは横にうっちゃっておく。

さあさあ美味しいおつまみに舌鼓《したつづみ》を打ちましょう。

続いてオムレツもパクリ。

これもいい感じだ。おおむね想定通り。

プレーンオムレツでももちろん素晴らしいものなのだけれど。

玉ねぎが食感を、ベーコンがジューシーさをプラスしてより満足感が高い。

トマトサラダの時と同じく、オムレツの食べ応えをこれでもかと増やしてくれています。

そしてケチャップなしでも、コンソメの旨味と塩味、コショウのスパイス感がいい味を出している。

これは即座にお酒だ。

グビリともうひと口。

合う。

濃い味にして正解。やっぱりお酒には濃いめの味付けがいい。

これなら、あずさはケチャップはいらない。

「おお、このオムレツは頭いいな！」

あずさと同じくらいに料理ができる涼音だからこそ。

このオムレツがなぜ出てきたのかを察してくれた。

そう、トマトにかけるドレッシングを作る途中の材料を使い分けた結果なのです。

「でしょ。無駄にもならずに手間も省けて、何より」

「うまい！」

二人の声が重なり、そして笑った。

何でもない今日のいつもの晩酌《ばんしゃく》。

それを二人で過ごして。

何でもないことで笑える。

（ああ、いいなぁ……）

テーブルに左腕を乗せて枕《まくら》にし、右肘《ひじ》をついてビールが入ったグラスをかざす。

その向こうには涼音がいる。

何でもない光景。何でもない時間。

この晩酌の席は、もはやいつも通りのルーティン……という言葉だと途端《とたん》に味気なく感じちゃったので、夫婦の約束、ということにしておきましょう。

今夜もまたこの席に座れていることって。
実は幸せなことなんじゃないかな、とあずさは思うのでした。

第二話 昔なつかし血合いのステーキ

土曜日。

仕事に行くわけでもないのにずいぶんと早く目が覚めてしまった涼音。

ベッドサイドのスマホに手を伸ばすも、まだ目がしぱしぱしていて数度空振《からぶ》りしてしまう。

やっと手にして時間を見ると、まだ朝の七時半。

二度寝しようかな、といつものように目を閉じてみるも、何となくそんな気分にならない。

理由なんてありません。本当に何となくなので。

あずさはまだ夢の中。

当然でしょう。

さすがに起こすのはかわいそうだ。

いつもなら休みの日は八時から九時くらいまでは寝ているのです。

ポリポリと軽く頭をかきながら起き上がり、伸び。

リビングに行くとまだひんやりとしている。

もう六月なのであっという間に気温が上がってしまう。

特にこの時期は梅雨《つゆ》というのも相まって蒸し暑さがかなり厳しい。

蒸し暑さは苦手だ。

だからこそ、と申すべきでありましょうか。

窓を開けて外を見る。

朝日を浴びる隣家の鮮やかな緑が揺れている。

時折そよぐ風が涼しげで実に気持ちのいい朝。

顔を洗って口をゆすいでさっぱり。

テレビをつけて動画サイトに繋《つな》ぎ、ＪＡＺＺチャンネルから『モーニングカフェ』なる二時間ほどの動画をチョイス。

ちょっと洒落《しゃれ》こんでみるわけです。

音量はあずさを起こさないように、抑えめ。

いつもなら朝の情報番組やら何やらを適当に選んでＢＧＭにしているのだけれど、たまにはこんな日もいいでしょう。

インスタントのドリップコーヒーを淹《い》れる。

早く起きた朝は、こんな時間も悪くないのです。

ゆっくりコーヒーが落ちていく。

何度かお湯を足して、ゆっくりカップの中を満たしていく。

ドリップパックを外し、まずは黒い液体の香りを楽しんで、スティックシュガーを放り込んでから一口。

「うん、うまい」

涼音はうなずいて。

「けど、もう少ししたら飲めないなぁ」

これから暑くなってくる。

夏が本番になったら、朝であろうと、こんな熱々の飲み物なんて飲みたくない。

そろそろホットコーヒーとはしばらくおさらばだろう。

ただただ、カップを傾けながらボーッとする。

時間、という、人生におけるもっとも価値があるもの、お金などと違って二度と取り返しがつかないものをこうして無為《むい》に使っていく様は、まあ何と申しますか、なかなか素晴らしい贅沢《ぜいたく》だな、などと思うわけであります。

「おはよう、早いね」

そうしているうちにあずさが起きだしてきた。

時計を見ると八時過ぎ。

だいたい休日のいつもの時間だ。

三十分ほどぼんやりしていたみたい。

「目が覚めちゃってね」

「ふーん、そっか」

「コーヒーでいい？」

「よろしく」

それだけ言ってあずさは洗面所に消えていった。

涼音は今のうちにもう一組のカップにコーヒーをドリップ。

あずさが戻ってきた頃には、コーヒーができ上がり。

「はい」

「ありがと」

あずさはスティックシュガーとミルクをいつもの分量入れて飲みはじめた。

普段は値段の安い混ぜるだけの粉末のインスタントコーヒーなのだけど、たまにはこれもありでしょう。

とはいえインスタントの透過法であり、豆を挽《ひ》いたり浸漬法《しんしほう》でこだわったりすると、さらに味が違うとは思う。

なのだけれど、そこまでこだわるのかと言われれば、涼音もあずさも現状NOである。

やってみたい気持ちはあるけれど、よしやろう！　というところまでは来ていないのです。

このドリップコーヒーも、普段の涼音とあずさが手を伸ばすものじゃない。

先月あずさの実家に顔を出した際にもらってきたものなのです。

飲み終わってしまった涼音だけど、あずさに合わせてもう一杯……の気分にはなっていない。

ドリップコーヒーはもったいないから一杯だけにしておくとしても、いつものインスタントコーヒーもなんとなくもういいかな、という気持ち。

なので冷蔵庫から麦茶を取り出して飲むことに。

ふたりでまったりする時間。

寝起きからがっつりと、まるでハムスターが回し車の中を走るがごとく動けるのならいいのですが、できれば朝は、頭が覚醒《かくせい》するまではちょっとだらりとしていたい。

出勤前だとこんなことはできないので、週末の朝ならではの特権を存分に甘受しているのです。

もうすぐ九時、というところで、どちらからともなく立ち上がった。

「そんじゃあ行きますか」

「そうだね」

窓を開けて見上げた空は、雲が多いけれど日差《ひざ》しがあって、現在を天気予報風に言うならいわゆる曇り時々晴れ、といった具合。

気温は高いけれど雲が多く、日差しを遮《さえぎ》ってくれるので良さそう。

でも空模様の機嫌が悪くなるのは、どうやら昼過ぎから夕方手前くらいの様子。

スマホを見ると、本日降水確率が上がるのは十五時から。

十五時から十八時は六〇％。それ以降は八〇％となって、明日の午前中までは一〇〇％。

逆にお昼までは二〇％なので、出るなら今なのであります。

つまり午前中なら、ぐずりやすい梅雨の雲も、まあまあ見逃してくれるんじゃなかろうか、という見通しが立つ。

さあ、週末の朝となればいつものジョギングであります。いつもは言い過ぎたか。

休みの日はよほど寝坊しない限り、朝ごはんはちょっとでも食べる。だけど、こうしてジョギングに行く、となった日は、朝ごはんは食べないこともままあります。

少しエネルギー不足を感じなくもないわけなので、ふたりでバナナを一本分け合って食べるくらいはする。

でも動く前にがっつりと食べてしまうとしんどいし、時間的にはお昼まですぐなので食べない方が割とよかったりもするわけで。

ジョギング用の軽装に着替え、ちゃんと小さな水筒を持っていざ出陣。

「このくらいの暑さならまだまだいけるわね」

「そうだね。今のうち今のうち」

荒川《あらかわ》の河川敷に向かう。いつものルートを散策しながら、十分ほど。

住宅街の道を抜けた先に、堤防の上へとつながる階段がある。

小山ほど高い堤防に上がると、広大な景色が広がる。

春とは違い、青々とした草葉はとても目に鮮やかだ。

背の高い草の間を抜ける風が心地いい。

身体《からだ》を慣らしながらゆっくり歩いて、徐々に早歩きに、そしてジョギングへ。

「ふう、やっぱりきついね」

「湿度もあるしね」

ジョギングをはじめて三十分。

大体この辺で一息。

首都高高架下の橋脚《きょうきゃく》の土台に腰掛けて水分補給。

橋が陽光を遮っていて、体感五度は違う。

適度な休憩も大事なのです。

普段の運動不足を考えれば、だいぶしっかりと動ける方ではなかろうか、などと自画自賛。

涼音の十個上の先輩は、高校生の頃野球部だったようで、それは今も草野球として趣味で続いておるようなのです。

話を聞いている限りでは、まだまだ動ける様子。少なくとも涼音よりはよっぽど。

今も草野球をやっていることもそうだけれど、青春を運動に費《つい》やして身体が動き方を知っている、という要素もなきにしもあらず、といったところだろうか。

もちろん科学的な根拠はなく。いつぞやの会社の飲み会の席で、お酒に酔って気持ちよくなった先輩の持論なのは疑いない。

まさに酒場での戯言《ざれごと》、というのはその通りで。その理論をもってして切り捨ててしまうこともできなくはない。

しかしあくまで涼音は、その理屈はそれなりに合ってるんじゃないか、と個人的に割と信じている。

学生時代は帰宅部だった涼音。あずさも同様だ。

大人になってようやくこうして、身体を動かすようになった、まである。

そうした人間にとっては、学生時代に部活などでがっつり運動していた人間と同様の動きは、なかなか難しいのではなかろうかと思っていたりするのでありまして。

マラソンを嗜《たしな》まれている人などに比べれば明らかに遅いのは分かっております。

でも、これをやりはじめた当初は本当にお散歩からでした。

毎週ではなくとも継続してきたからこそ、こうしてスローペースでもジョギングができるようになった。

これはわずかだけれど偉大な一歩なのかもしれない。

「無理したって熱中症になるのがオチよ」

「そりゃそうだね」

ふくらはぎのお肉が離れてしまったり、思わぬ負傷が起きないとは限らない。

自分たちのキャパシティと要相談の上、ちょっとしんどいかな、というところで止めておくのが肝要《かんよう》なのであります。

そうしておおよそ一時間の適度な運動を終えて、ふたりは家の近くに帰ってきた。

「あ、僕はスーパーに寄っていくよ」

道すがら、涼音はあずさにそう言った。

「うん？　ついでに来週用の買い物を済ませるの？」

「ちゃんと後で買い物に行くけど、寄ってみようかなって」

何となくは何となくなのだけれど。

午前中の鮮魚コーナーはやっぱり品揃えも充実している。

この時間ならなにか掘り出し物があるかもしれない。

思いついたのでとりあえず寄ってみよう、というわけです。

「そ。なら先に帰ってるよ」

「うん」

あずさと別れ、涼音は一人スーパーへ。

二十四時間開いているスーパーなので、朝一や深夜でも対応してくれるのがありがたい。

ただまあ、基本的にはそんな時間にスーパーに行くことはないので、二十四時間営業に助けられた経験はそんなにはない。

とまれ、だ。

涼音はスーパーの中に入って順路通りに青果コーナーから回っていく。

今日の安売りは何かな？　と値段を見ながらうろうろ。

野菜の特売品は見当たらない。

豆腐や納豆の加工品も同様。

卵は安売りしているので買ってもいいかな。

精肉コーナーも特になし。

まあ、そんなに都合よく特売が行なわれているわけじゃないのです。

スーパーだって商売なわけなので。

このスーパーの値段はよそとそんなに変わらない上に、品揃えの豊富さは有村家の近所ではトップクラス。

なのでもはや常連。買い物においてはメインスポット。

週末の買い物となったらまずはここに来る、というくらいに、もはや数えきれないくらいには来ているのです。

よって何がどんな値段で売られているかは、何となく覚えている。

有村軍の兵站《へいたん》の糧食《りょうしょく》はどんな感じだっただろうか。

毎日冷蔵庫を覗いたりしているので大体は覚えているけれど、人間の記憶なんてフライパンの上で焼けるビフテキがあげる湯気のようなもの。

すぐに消えてしまうくらいにはあいまいで、つまるところは当てになんてならないということなのです。

「お？」

お目当ての鮮魚コーナーに来たところで、珍しいものを見つけてつい手に取った。

マグロの血合いです。

先ほど何となくビフテキのことを思い浮かべたのもあって、これをステーキにしようと思いつく。

血合いとは腹と背の間の部位。

赤黒いのが特徴だ。

血管が集まる部位なので、鮮度が良くないと匂いがきつくなって味も悪くなってしまう。

下処理をサボっても同様に美味《おい》しくなくなってしまうから、面倒だと思う人がいても仕方ない食材、と言えるかもしれない。

とはいえ、それを問題ないと思える人にとってはとてもオイシイ食材だ。

午前中に来たのは正解だった、と涼音はしめしめ感に包まれている。

ある意味では希少な部位だから。

その上めちゃくちゃ安い。

安いマグロであっても、血合いの数倍の値段がする。

それだけコスパがいいってことです。

まさに有村家のためにあるような食材！　……とまで言うつもりはありませんが、気分はそんな感じであります。

さあて、いい宝物をゲットしたので、これだけ買って、とりあえずスーパーから離脱。

夏本番に向けて日々、天気さんが気温の下限を引き上げていっているため、お天道様《てんとうさま》の下を歩く皆々が汗かき歩く今日この頃、諸氏はいかがお過ごしでしょうか。

不肖《ふしょう》有村涼音は、今現在生《なま》ものを手にしておりますため、だらだらしてはいられません。

さっさと家に急ぎます。

「ただいまー」

「おかえり」

帰宅してすぐに、袋から出した戦利品をあずさに見せる。

「ん、それマグロの血合い？」

「そ」

常温ではよくないのでとりあえず冷蔵庫に血合いをぶち込んでしまいます。

「これでステーキでも作ろうかなって」

「なるほどね」

どうやらピンと来たらしいです。

さすがは我が料理の相棒。

否《いな》、酒飲みの相棒。

こういうところの嗅覚《きゅうかく》は鋭《するど》い。

お互いの料理の癖《くせ》も分かっている。

料理の際にフライパンからくゆる香りが、きっと鼻腔《びこう》をくすぐっていることでしょう。

数多《あまた》の料理をしてきたあずさからすれば、こう料理すればこんな匂いがする、という予想をするのは難しくはない。

涼音だってそのくらいのことはできるわけであるからして。

マグロの血合いステーキ、と言い出した涼音が夜の料理をすることも確定。

下ごしらえを考えれば、昼の料理としては時間が足りない。

ササッと手洗いうがいを済ませてしまい、シャワーも浴《あ》びよう。

風呂場の床は濡れていた。

あずさはもう浴びたようだ。汗をかいたから当然だ。

ササッと汗を流して。

換気扇を忘れずに。カビ防止です。


さぁてお昼ごはんはいかがしようか。

普段から運動をする人にとっては軽く、しかし万年運動不足病に罹患《りかん》している涼音とあずさにとってはそれなりの負荷《ふか》の運動をしてきたばかりなので、簡単でいいかなと思うわけでありまして。

手を抜くところは手を抜く。

簡単にテキトーに。

気を張らずにちゃらんぽらん、しゃなりしゃなりと軽く受け流すのも、根《こん》を詰めずに気楽な日々を過ごすコツなのでありました。

そんな涼音と同じ思考をたどったらしく、あずさが取り出したのはマ・マーのパスタ。

これから午後には買い物に行って、そして夕飯も作るのは涼音の役目。

であるからして、あずさがお昼を担当するのはもはや確認するまでもない、ツーと言えばカーと返ってくるがごとき役割分担。

簡単にできて美味しい。

お昼は任せてしまうことにして。

涼音は布巾《ふきん》を用意してテーブルを軽くふき、使うであろうお皿だけを用意して、ちょっと休ませてもらうことにする。

さてあずさは何を作るのでしょう。こうして料理する姿を見ながら予想するのも楽しいものです。

テーブルから目に見える範囲で、パスタの種類を推測してみます。

用意された食材はキャベツ、にんにく、そして残っていたハム。

パスタをレンジで茹《ゆ》でることができる専用の耐熱容器に二束入れて、塩とオリーブオイルを適量入れてレンジで六分。

これをやるとお鍋で煮るよりも早くでき上がるので非常に便利。

本当はもう少しレンジにかける時間が必要なはずだけど、そうしないのは後でフライパンで炒《いた》めるからでしょう。

パスタが茹で上がるまでの時間で、まずあずさはにんにくをスライスしてごま油で炒めはじめた。

弱火でやっているのは、にんにくが焦《こ》げないためだろう。

フライパンの様子を見ながら、キャベツをざくざくと大雑把《おおざっぱ》に切っていく。

にんにくがいい感じになったようで、切っている途中であずさがフライパンの火を止めました。

キャベツに続いて、使いきらなかったハムを切っている。

おかずとしては十分すぎるラインナップ。

食べ応えもきっと抜群でしょう。

切り終わったキャベツをフライパンに入れて火にかけて炒める。

多分にんにくはきつね色になっていて、これ以上やると焦げてしまうところだけど、キャベツを入れたことでその心配はない。

中火でキャベツがしなっとするまで炒めつつ、その途中で適度な焼き色がつくだろうタイミングでハムを投入。

いい香りが涼音のところまで漂ってきます。

炒め時間としては大体このくらいかな？

そう思ったところでレンジが止まる。

火をかけたままレンジからパスタを取り出し、水を切ります。

あずさのあの動きは菜箸でフライパンの中にスペースを作っているところでしょう。

そしてそこに、あえて完全に切っていなかった水と一緒にパスタをドバドバッと入れて、日本酒をちょっとだけトポトポと。

水を飛ばすようにかき混ぜて、炒める。

煮焼きっぽい感じだろうな、と想像。

煮焼きという言葉は存在しているものの、厳密にはこのやり方とは違うのであしからず。

同じ言葉であれど、含む意味は涼音の造語と思ってもらった方がいい。

水分とアルコールが飛んだところで、最後にしょう油《ゆ》をフライパンの縁《ふち》に沿って回すようにかけて味を調《ととの》える。

最後にお皿に盛りつけて、ブラックペッパー、乾燥パセリをかけて完成。

にんにくが香る和風キャベツパスタ、といったところか。

麦茶とパスタを持ってあずさがテーブルにやってきた。

油がからんでつやつやしたキャベツがパスタを彩《いろど》っている。

「おお、うまそうだなぁ」

「でしょ。適当だけどね」

適当なのは分かる。

残り物の思い付きでしょう。

でも、あずさの味付けには全幅《ぜんぷく》の信頼をおいているので、何も不安などない。

しかし、このでき上がりは涼音の想像通りの代物《しろもの》。

「じゃ、いただきます」

「召し上がれ」

麦茶で軽く口を潤してから、フォークでくるくる。

ぱくり。

まず鼻に抜ける香ばしさ。

にんにくだ。

このかぐわしい感じは、幸福の匂い。

対面のあずさも満足げにしている。

かくいう涼音も同じような顔をしているに違いないから。

続いてしょう油の旨味と、にんにくのパンチ。

加熱しているのでにんにくの臭いも味も、そして香りもまろやかになっていて実に美味しい。

にんにくじょう油が美味しくないわけがなくて。

「うまっ」

思わず出てしまった声は心の底からのもの。

「うん、我ながらいい感じ！」

作ったあずさも自画自賛。

しかしそれも納得の出来栄《ば》えで、涼音はうんうんと何度もうなずいてしまった。

いやいやこのでき栄え、うなずかずにいられるだろうか。これで納得しないなんて、いったい涼音、お前はどれだけ傲慢《ごうまん》で舌が肥《こ》えているると自慢したいのか、てなもんです。

「さすがだなぁ。俺には苦手な部類だよ」

これはあくまでも自称ではあるのだけれども。

涼音はいわゆる「冷蔵庫の残り物で」といった料理が苦手だと思っている。

もちろんできないわけじゃない。

でも、それが得意なのはあずさの方であると。

代わりに元から作るものが決まっていれば、一応得意と言ってもいいのでは……という自己評価だったり。

しかし、えてして。

自分のことというのは自分が一番分かっている——必ずしもそんなことはないわけで。

「苦手ぇ？」

あずさは怪訝《けげん》そうに眉を片方あげて。

「明らかに苦手だって分かるような料理が出てきた覚えはないけどねぇ」

「そうか？」

「そう」

ぐい、とあずさの強い首肯《しゅこう》。

「ついでに言えば不満を覚えたことなんて……まあ、ないとは言わないけど」

お互い苦笑い。

嘘《うそ》はつけなかったらしい。

そりゃあ一緒に暮らしていれば不満の一つや二つや十や二十。

あったって別におかしかない。むしろない方が不思議まである。

実際あずさが抱いているであろう不満と同じくらい、涼音だって相手に抱いている。

結婚していると言ったって、他人同士なんだから。

そこをどのように飲み込んで許して妥協するかが結婚生活を円満に過ごしていくかのヒケツであるのだ、と、あえて三十路《みそじ》過ぎたばかりの若造が大きく出てみます。

不満なんて何一つない、と言われる方が不安になるってなもんです。

「むしろ、あらかじめ作るものを決めて買い物からやったときの涼音の料理は、とっても好きよ」

あなたの方が上、とか、負けてる、とか。

そういう言い方じゃなくて。

好き、という言い回しをするところが、彼女の好《この》ましいところなのです。

「そうか」

「そう」

さっきとまったく同じ相槌《あいづち》。

しかしそこに込められた意味はまるで違いました。

別に大したことのない話。

受け取り方によっては夫を立てただけ、というふうにもできる何でもない話だったのに。

そこに食いついてくるのは、ある意味では解釈一致でした。

料理に一家言《いっかげん》……とまで言うと多少大げさかしら。

でもでもまあ、多少なり、料理をしない人間よりは腕前に自信があるからこそ。

同じくらいの料理の腕がある涼音に自身を卑下《ひげ》されると、ひるがえって自分まで卑下されたことになるので見過ごせない。

……そんなところではないかな、と涼音は何となく想像してみます。

「ま、美味しければなんでもいいってなもんでしょ」

そんな涼音の考えを読み取ったのかどうかは定かではない。

でもあずさがふっと浮かべた笑みを見て、涼音はそう思うことにしたのです。

「そりゃあそう」

「うん。ステーキ、期待していいんでしょうね？」

「もちろん。最高の一杯を約束するよ」

晩酌の料理はあくまでも最高のお酒を飲むためのアテ。

しかし、そのお酒を最高のものにするには、おつまみだって最高である必要があるのです。

そのうえであずさに「作るものを決めて買い物からやった料理」を期待されたら、やらないわけにはいかないでしょう。

涼音は自信満々に応じました。

もちろん美味しいものを作る自信はある。

それ以上に、彼女の期待に応えたいと思ったからなのでした。

料理の話なのに。

最高の料理、ではなく、最高の一杯、とした点が有村家の業《ごう》の深いところであるのは、寛大な心でお見逃し頂こう。

◇

ご飯を食べてしばらくまったり。

ふたりでだらっとしながら食後のおやすみ。

食べた後すぐ寝ると牛になるそうですが、運動後の適度な疲労と、食後の気持ちいい眠気に抗《あらが》うことができる人がいるんだろうか。

いないとは言い切れないけれど、涼音はそこには当てはまらない。

あずさはいつものパズルゲームをポチポチ。

だいぶ世間に浸透しているものなので、興味はなくとも名前だけは聞いたことがある、というようなゲームだ。

あずさに倣《なら》って、涼音もまたスマホゲームに勤《いそ》しむ。

いくつかインストールしているけれど、今回遊ぶのは氷の島で暮らすシロクマを育てるゲーム。

何かアクションやモンスターと戦ったりといった要素はなく、シロクマだけが住むシロクマ島を発展させるだけのゲームだ。

何がいいって、非常にのんびりしているところ。

色々なシロクマがいて、釣りシロクマ、プール監視員シロクマ、大工シロクマ、店番シロクマなどなど。

たくさんのシロクマたちが思い思いに、のんびりと好きなように遊んだり働いているさまを眺めるだけのゲーム。

忙しい戦闘や、物語が進んだり、技量《ぎりょう》を競ったりするゲームじゃない。

ストーリー性、戦略性、技術を競うゲームもインストールしているけれど、今はそんな気分じゃなかっただけだ。

タプタプと画面に指を走らせていると、いつの間にか眠気がやってきていた。

涼音はそれに逆らわない。気付けば心地よい浮遊感に包まれて、意識が遠のいていった。

「できたよ」

焼き上がったマグロの血合いのステーキをあずさの前に置く。

いい焼き具合だ。我ながら会心《かいしん》の出来。下処理も完璧。

これなら自分だけじゃなくて、人に食べさせてもいいクオリティ。

もちろん相手はあずさなので、正直多少の失敗は笑い話にしてくれる。

のだけれど、未熟なれどおのこなる者、自分の嫁に失敗作なんて食べさせられない。

発破《はっぱ》をかけられた今は特に。

「あー、美味しそうねぇ」

見た目の印象は上々。後は味なのだけど、その前に。

「お酒はこれな」

冷蔵庫に入れておいた赤ワインを取り出す。

「ふうん、今日はそれなのね」

「ベストマッチになる予感があったからね」

お酒好きなふたり。当然ワインも守備範囲。むしろ普段飲まないからこそご馳走《ちそう》である。

「楽しみね」

ふたりで舌なめずりの気分。これから楽しめると思うと、獲物を前に涎《よだれ》をたらす肉食獣がごとき心持ちだ。

席に着いて食べよう。ワイングラスに真紅《しんく》の液体をととと、と注いで。

さあ、乾杯――

「んんー……」

目が覚めた。

「あれ、ステーキとワインは……?」

見渡すといつもの居間。

ソファではあずさが寝ていて。つけっぱなしのテレビには十三時四十分と表示されていた。

三十分強寝ていたようだ。

「うーん、夢か……」

実に幸せな夢だった。

もう少しで食べられたのに。

「あずさ」

軽く肩をゆすって起こす。

昼寝も悪くないけれど、あんまり寝すぎると夜寝れなくなってしまうから。

「うーん……ああ、いい時間だね」

目を覚ました彼女は時間を確認してぽつり。

「僕は買い物に行ってくるよ」

「ああ、うん。いってらっしゃい。私はちょっと掃除でもしてようかな」

「休んでてもいいよ？」

「ずっとスマホいじってるだけってのも暇だしね」

「そっか」

本心から休んでていい、と言ったのだけれど、あずさのやる気に水はさすまい。

明日ふたりでちゃんと掃除はするけれど、ちょっとでもやっておけば楽になるのは間違いないのだから。

そんなあずさのためにできることと言えば、美味しい晩ごはんを作ってねぎらうことだ。

運動をサボらなかったふたりへ。

一週間がんばったふたりへ。
そして、掃除をやってくれた妻へ。
涼音はお出かけ用の軽装に着替える。
「いってくるよー」
『はーい』
浴室から声が聞こえてきた。
返事がちゃんと返ってきたことで安心して出かける。
涼音は財布を持って一人暑い空のもとに繰り出した。
暑いけれど日差しがないから割と楽だ。
空を見上げると、青空はもうほとんど見えない。
目的地に到着し、さあてここはひとつやってやるか、と、気分は腕まくり。
半袖にまくるものはないのでそういう気持ちで挑む、ということでひとつ。
時刻は午後二時半。
やってきたのは午前中に見て回ったいつものスーパー。
あずさにあそこまで発破かけられたなら、やってやらないのでは男が廃《すた》る！
なんて、そこまで意気込んでいるわけではありません。

やることは変わらないし、気合入れて高いものを手当たり次第に……なんてことができるようなお財布事情でもないわけで。

ただまあ、いつもよりやる気ゲージが高まっているのは否定しない。

在庫のチェックもしっかりしてきたのもあって、涼音の買い物に迷いはない。

キャベツ。レタス。

これらは葉の色や瑞々《みずみず》しさが好みのものをチョイス。

大根ごぼう、それかられんこん。

これはもう適当だ。せいぜい傷《いた》んでたりするところがなければいいなあ、くらいで。

傷んでいてもそこを切り落としてしまえばいいのだから、そこまで神経質になることはない。

じゃがいもと玉ねぎは実家から送ってもらったのがまだあるので買わなくて良し。

ほうれん草と長ネギきゅうり。

これも選別基準はキャベツと一緒。色がよく新鮮そうなものを選ぶだけ。

しいたけ舞茸《まいたけ》えのきだけエリンギ。

こちらはもっと選び方は適当だ。

シンプルに上からとっていく。

そろそろなくなりかけていたにんにく。

三個でネットに入っている商品だ。一片があまり大きくなくて均等そうなものをチョイス。

お野菜関連の涼音の選び方は非常に手早い。

一区画あたりにとどまる時間は本当に一瞬だ。

こだわればきっともっと時間はかかるけれど、あいにく涼音はそこまでこだわってはいない。

品質衛生管理にこだわる日本のスーパーの店先に並ぶもので、ものすごく品質が悪い、なんてことはそうそう起こらないと思っているからです。

もしもそういうことがあれば運が悪かったね、で交換してもらえばいいのだから、涼音はよくも悪くも適当な選び方をしている。

さて買い物の続き続き。

生姜《しょうが》はにんにくよりは使わないのでチューブで良しとして。

豆腐一五〇グラム入り三個セットを、絹は二パックで木綿《もめん》一パック。

納豆三パック。油揚げ。

ちょっとお得な塩焼きそばをかごへ。

お刺身も食べたいけど今回は我慢。

アジの干物。

続いて肉は豚こまと鶏モモと鶏むね。それからささみ。

ひき肉もちょっとだけ買っておく。使わなければ冷凍すればいいので、あるのとないのとではずいぶん違います。

後はベーコンとウィンナー。二つセットで五〇〇円、がちょうどあったので忘れずに。

買い物はこれでいいでしょう。

調味料は先ほどの生姜チューブのみ。

切れそうなのはみりんで、それでも二週間は確実に持つので今は買わなくてＯＫ。

そして最後に……。

「これだ」

手に取ったのは赤ワイン。

間違っても一本数万円とかいう高価なものではございません。

どこのスーパーにでも置いている手に取りやすい値段の赤ワインだ。

一本七五〇ミリリットルの容量で千円前後と非常にお手頃価格。

お会計は七千円強。

まあまあ想定内というところです。

買い物を済ませて、てこてこと歩いて自宅へ。

帰宅すると、時刻は十五時半だった。

雨は降らなかった。

雲が分厚くなってきていたので滑り込みセーフの盗塁成功、てところでしょう。

現にだいぶ怪しい空模様なので、次の瞬間には降りだしてきてもまったく不思議じゃない。

「おかえり」

「ただいま」

帰宅すると、あずさがダイニングで一休みしていた。

冷蔵庫に買ってきたものをしまう。

その際キッチンがきれいになっていることを発見した。

一週間の負債が溜まっていたキッチン。惨憺《さんたん》たる……とまでは言わない。日々料理をする身なので。

毎日ちょっとずつ返済していたのもある。

しかしそれでも、ちゃんとしているキッチンだったかと言えば間違いなくNOです。

まあ、毎週末には、涼音とあずさ基準では散らかっているな、といういつもの状態だったのは間違いありません。

おさぼりは許しまへんで、という寮母さんがいたら間違いなく叱《しか》られていただろう。

毎日ちゃんとできればいいのだけれど。

一応心がけてはいる。

でもまあ、きっちりとやる日があればやらない日もあり。

そしてふたりとも「それでよし」と意見が一致しているわけで。

ＱＯＬを上げるために、食洗器の導入を検討したこともあるけれど、コストと賃貸という諸条件から断念した経緯もあり。

かくして毎週、熟成された「平日の負債を抱えたキッチン」ができあがるわけなのです。

そしてそれをあずさがやっつけてくれた。

もちろん買い物を涼音がやって、キッチンの掃除をあずさがやって、と役割を分担しただけではある。

これが逆になるパターンも普通にあるのだけれど。

「ああ、きれいになってる、ありがとう」

こうしてお礼を言うことは忘れない。忘れちゃいけない。

「ううん。そっちこそ買い物ありがとう。そんなにたくさん」

「いやいや」

冷蔵庫に生鮮食品をしまい、そろそろ賞味期限のものを冷凍庫に放り込み。

そして冷蔵がいらないものをいつもの棚に置いていく。

ほとんどが要冷蔵だったので、ほぼ冷蔵庫前で作業は完結してくれたのはありがたい。

さて買い物は終わったけれど、作りはじめるにはまだ早い。

十六時前というところだから。

とはいえ、今からやっておいた方がいいことはあります。

水にお酒を混ぜてマグロの血合いを洗い、その後はボウルに張った真水につけておきます。

これは十五分おきくらいに水を換えて濁《にご》らなくなってきたらＯＫ。

下処理が足りないと臭みが残ってしまうし、やりすぎると味が薄くなってしまうので気を付けなければいけない。

キッチンタイマーで十五分計ればよし。

つけている間はやることはないので、休んでいても問題ない。

休日には「休」という字が入っているわけであるからして動かず何も考えずに心身を休めるという大義名分を掲げただらだらを血合いをつける一時間くらい楽しんでから作りはじめるとしましょうかね。

コーヒーを淹《い》れてリラックスしよう。

ホットコーヒーを濃いめに用意して、氷をたっぷり入れたグラスに注いでアイスコーヒーに。

追い氷も忘れずに。

「飲む？」

「あ、ちょうだい」

そう言われると思って二杯分用意していたので、片方をあずさに渡す。

ガムシロップとポーション、マドラーも一緒に。

涼音もダイニングに腰掛け、グラスから漂う香りを楽しむ。

いい香りだ。

心が落ち着く。

休みの日なのだから。

ゆっくりと、ぼんやりと。

そうしていると、意外と時間が過ぎるのはあっという間だった。

気付けば時刻はもうすぐ十七時半。

「やりますか」

涼音はよっこらせと立ち上がり、キッチンに向かった。

まずはものを用意。

じゃがいも、玉ねぎ、ベーコン。

塩。コショウ。にんにく。オリーブオイル。

こちらはジャーマンポテト。血合いのステーキの付け合わせ的な。炭水化物なのでご飯代わりでもあります。

まあこれがまた、ようく赤ワインに合うのです。

それはステーキもしかり。

お酒、バター、コショウは、血合いのステーキに使う調味料。

調理場の上には本日のメインであられるマグロの血合いが、ボウルに入って鎮座ましましております。

さぁて、まずはジャーマンポテトからいこうかな。

じゃがいも三個をピーラーで皮をむいて。

適度な大きさに切って。

耐熱ボウルに放り込んでラップをしてレンジで六分。

ブゥーンというレンジの音を聞きながらにんにくを刻み、玉ねぎを小さくなり過ぎないように切って、ベーコンを細切りにする。

これで下処理は終了。

ジャーマンポテトはいったん後回し。

ジャジャッとやってしまえば大した手順はなく簡単にできるので。

炒めるのに時間はかかるけれど、その時間がかかるのがむしろ都合いい。

初めて作った時は「思ったより炒めないといけないんだな」と思ったものです。

まあまあそんな余談は置いておいて、マグロの血合いを焼くことにしましょう。

フライパンにオリーブオイルを大さじ一杯回し入れて火にかける。

温まってきたら弱火にして、十分に水気を切ったマグロの血合いふた切れを置いて焼く。

じうじうと、いい音が聞こえる。

この音だけでもビールがうまそうだ。

いやいや我慢。これからなんだから。

じっくりと。

マグロの血合いは思ったより火が通らないので、根気よく焼いていく。

そう、思ったほど火が通らない。だからこそ、付け合わせは炒めるのに思ったより時間がかかるジャーマンポテトがいいのです。

バターを入れて溶かし、時折血合いにかけながら丁寧に。

片面が焼き上がっただろうところでひっくり返すと、焼き色がついていた。

うんうん、いい感じである。

さて、同時進行でジャーマンポテトにも取り掛かりましょう。

血合いの方をよく見ながら、フライパンをもう一枚火にかける。

ベーコンを投入して炒めていくと、いい感じの香ばしさが漂ってきます。

実にいい音。ちょうどレンジが止まったので、ボウルを取り出す。

熱い蒸気が出るのでラップを丁寧に外す。

「あっちぃ」

失敗した。

ラップが張っていたので思いのほか勢いよく外れてしまい、手に少し蒸気がかかってしまった。

一瞬だったので火傷《やけど》するほどではなかったのが幸い。

気を付けていたからこのくらいで済んだともいえます。

気を付けていてもこうなるので、次やるときもまたちゃんと注意しようと思う涼音なのでした。

ともあれ、玉ねぎを炒めているところにじゃがいもも投入。

焼き色がつくようにあまり動かさずに焼きます。

その間にも、マグロの血合いの様子を見ることは忘れません。

まずいなと思ったら火を止める。それでいいわけなので。

じゃがいもの端がちょっときつね色になりはじめたところで玉ねぎを追加します。

これは人によって好みが分かれるところ。柔らかい玉ねぎが好きな人は早めに入れて、シャキシャキ感を味わいたい人は遅らせることでしょう。

今回はちょっと玉ねぎの食感を残したいので少し後で。

柔らかくしたければベーコンと一緒に炒めても問題ない。というかその手順で作ったこともあって、それはそれで美味しかったのを覚えている。

さてここで端っこに少しだけスペースを取り、ほんのちょっと追いオリーブオイルをして、そこに刻みにんにくを投下。

にんにくオイルを作ってジャーマンポテトになじませて風味をつけ足していきます。

ここで塩コショウ。シンプル味付けでいいかなと思って塩コショウだけにしたけれど、味見をしてみるとちょっとパンチが足りない。

なのでウスターソースを大さじ一追加します。

ソースがフライパンにこびりついてしまったので、それを溶かす意味も含めて日本酒も投下。

フライパンを綺麗にしつつアルコールと水分を飛ばしたら、これで炒めも終了。

もちろんこの間もマグロの血合いステーキには注意を払って様子を見ています。

このマルチタスク、きっと褒《ほ》められてもいいものでしょう。

さて、でき上がったジャーマンポテトはお皿に移し、ブラックペッパーを「このくらいでいいかな」の倍ふりかけます。

最後に乾燥パセリで彩って完成です。

ジャーマンポテトは炒めるにも意外と時間がかかるもの。

でも、それだけかかった時間も、マグロの血合いのステーキを作るのには実に都合が良かった。

「うん、いい感じかな」

マグロの血合いも弱火でじっくり、ちゃんと時間をかけて焼くことができました。

最後にこちらもまたコショウをた～っぷりとかけて、最後に味を調《ととの》える。

こちらもお皿に移し、マグロの血合いのステーキ、付け合わせにジャーマンポテトの一皿ができ上がり。

パッと見ると炙《あぶ》りマグロにも見えるのが、血合いのステーキ。

だが、一口食べれば違いがわかるだろう。ウスターソースの甘辛い香りが食欲をそそる。

「できたよ」

「へー、美味しそうね」

あずさが運んでくれる。

涼音は買ってきた赤ワインとワイングラスを持って食卓へ。

ジャーマンポテトもマグロの血合いも、赤ワインが合う。

「なるほど、赤ね」

「この料理なら赤なんだよね」

「確かに」

ワイングラスに赤ワインを注いでいきます。

「うーん、いつもより見た目が豪華」

「見た目はね」

「見た目も大事よ」

コース料理のメインディッシュっぽい見た目になっているのは間違いないでしょう。

廉価なワインだけれど、そこを突っ込むのは野暮というもの。

これから美味しい一杯を楽しむのに、わざわざ盛り下がることを言う必要はないのです。

「じゃあ」

「うん」

「乾杯」

ちん、とグラスを軽く打ち合わせる。

グラスをちょっとだけ回して、一口。

安いワインだけれど、ワインはワイン。久々に飲んだけれどやはり美味しい。

わずかな酸味と重すぎない後味は軽快感たっぷりだ。

さあて頂きましょう。

ナイフとフォークも用意していればより本格的だったけれど、ここは宅飲みの特権でお箸《はし》。

理由なんて深いものはなく、箸の方がシンプルに使いやすいのです。

まずはジャーマンポテト。

「うん、我ながらいい味付け」

じゃがいもの焼き目がいい香ばしさを醸《かも》し出している。

そして玉ねぎも狙い通り甘さを出しつつもシャキシャキ感が残っていて。

ベーコンはよく焼けていて、しかし焼き過ぎていないので非常にジューシーだ。

それらを彩るのがウスターソース。

かぐわしさとスパイシーさが口の中に広がって芳醇《ほうじゅん》な味を楽しめる。

ウスターソースはフルーティなスパイシーさを持っていて、それがポテトにようく絡んでいる。

調理段階でお好みでバターをのせても美味しいのは間違いない。

今回は血合いのステーキでバターを使ったので、こちらはあえて入れなかったのだ。

そしてこの味が舌に残っているうちにワインをぐびっと。

「ああー。こいつはワイン泥棒だ」

「美味しい」

合うことは分かっていた。
何せジャーマンポテトでワインを飲むのは、これが初めてじゃないから。
しかしここまでハマってくれると、料理担当としてはもう言うことなしである。
続いてお待たせしました、マグロの血合いのステーキ。
「ん⁉」
先に食べたあずさが驚き、そして間髪容れずに赤ワイン。
「びっくりするくらい牛肉みたいだね」
「よし」
ということは、狙い通りの出来になった模様。
あずさの評価に思わずガッツポーズしたくなったくらい。
早速涼音も箸で少しより分けてパクリ。
うまい。
これだ。これを狙っていたんだ。
臭みの抜けた血合いは、牛肉とレバーの間のような味わい。
ブラックペッパーをがっつりとかけたのもいい。
ビフテキにブラックペッパーはもう定番中の定番。

そして今回の血合いのステーキはほぼ牛肉。

合わないわけが、美味しくないわけがないのです。

こってりした味わいが赤ワインにぴったり。

たまらぬ。

これで普通のマグロとは比較にならないくらい安いのだから、お得としか言いようがない。

ちょっとばかり下処理が面倒だけれど、この味はその手間をかけてでもおつりがきます。

「いやあ、前やってみた時よりうまいよ」

もちろん一度試してみて、その時の味を思い出したからやったわけだ。

そしてその当時はもうかなり前なので、より料理に慣れ親しんだ今ならもっとうまく作ることができた。

「こんなのどうやって知ったの？」

「ん？　いや、普通にネットで調べて、ステーキってあったからやってみたんだよ」

お金がなかった頃、安かったので衝動買いしたものの、さてどうしようと調べて出てきたのが血合いのステーキだった。

当時、持て余しそうだったところを凌《しの》ぐつもりだったためか、満足感がかなり大きかったのを思い出したというわけ。

その後は機会が訪れずにマグロの血合いとは出会わなかったのだけれど、今回は久々に懐かしさとともにこの味を楽しめた。

最高。

ドン・キホーテでたすきを買ってきて、マグロの血合いに「本日の主役」とかけてあげたいくらい。

「うん、やっぱり涼音は、買い物っていう仕込みからやるといい料理作るね」

彼女がお昼に言っていたことだ。

うん、それならそう思っていていいんだろう。

「両方ともワインに合うし美味しいよ」

「よかったよ」

合うことは分かっていたし不安はなかったけれど。

やっぱり喜んでもらえるのは嬉しいもので。

過去の自分に感謝だ。

それがあったから、ささやかだけど楽しい時間を過ごせているのだから。

第三話
カレーライスに合うのは

とある週末の朝――。

涼音とあずさはふたりで一台のパソコンとにらめっこしていた。

まるで仕事中。

これが終わらねば残業確定。

深夜まで帰れなくなるなんてこともありえるのでどうにかして片づけて早く帰って晩《ばん》酌《しゃく》としゃれ込みたいけどだらだらしていたら本当に帰宅即寝になりかねないので必死でやっつけている最中――。

そんな鬼気《きき》迫るかのような顔つきである。

リビング――厳密には畳部屋なので居室だけれど、ふたりの扱いはリビングなのでそう呼ばせてもらいましょう。

畳のひんやり感も体温で抜けてしまうくらいには座っている。

そんな長い時間、真剣に眺めていたわけである。

そしてふたり同時に顔をしかめた。

「…………」

「…………」

画面では外国人の研究者が虫を食べていた。

焼いてとかならまだしも、生《なま》で。

動画サイトのディスカバー系チャンネルが配信したドキュメンタリー映像である。

「セーフ」

「とっとと負けていいのに」

「あずさが声出せば終わるよ?」

「いやよ」

やっているのはなんということはない。

ちょっときつめの動画を流し、先に声を出した方が負けというゲームだ。

どっちからやろうと言い出したかは定かじゃなく。

そもそも最初はそんな目的で動画を観はじめたわけじゃない。

実にくだらないことをしているものだけど、そのくらいでいいのです。

それからしばらく、ノートパソコンの大した性能じゃないスピーカーから、これまた大した音質じゃない動画音だけが流れる。

からん、と麦茶の氷が音を立てたのを合図に、涼音とあずさは動画を止めた。

これ以上は泥仕合《どろじあい》。

引き分け。

勝負は持ち越し。

再試合の日程は今後決めることがあるかもしれなくもない可能性が多少残っている、といったところでしょうか。

「いやぁ、昆虫食が当たり前の食文化の国があることは分かってるけど」

「日本にもあるしね、イナゴの佃煮《つくだに》とか」

「でもさすがに生は……」

「あれは危なかった」

つい声が出る寸前だった。

さすがディスカバー系チャンネルだけあって、モザイクも最小限。

虫を食べるところはさすがにちょっときついものがあった。

声を出せばそれ以上観る必要はなくなったのに、いつの間にか先に声を上げた方が負けという謎ルールができていたおかげで、涼音もあずさも我慢してしまった。

こうして引き続き動画を観る羽目《はめ》になったのだから自業自得《じごうじとく》とはこのことか。

もちろんえぐいだけの動画というわけじゃなくて、全体的には専門家の案内で豊かな自然を探索するということで勉強になるし、興味深いものだった。

ただ案内役の専門家が実にチャレンジングなタチで、また撮影班も編集も割と容赦《ようしゃ》なく厳しい自然を配信するので、きつめの画面もいくらかあった。

この辺はインターネットの動画チャンネルだからこそ思い切った動画配信ができるのだろう。

総合的には楽しい動画だったのは間違いない。

意味不明の勝負さえはじめなければ、怖いもの見たさでもっと楽しめたのに。

「さぁて、そろそろかな？」

本日はS&Bカレー曜日ならぬ買い物曜日。

ふたりでちょっとがっつりと買い物しようということで、ちょっと前から計画していたのだ。

涼音とあずさはよっこいせと立ち上がる。

腰が重いのは仕方なし。

面倒なのは変わらないので、ふたり同時に立ち上がることで行動を起こせるのはいいことかもしれない。

ひとりだとどうしても動くのが億劫《おっくう》でだらだらしてしまったりすることがある。

独身時代にはよくよく経験した。

これがふたりだと、お互いに尻を叩くことができるのでありがたくもあります。

しかし今回は、いつもよりは腰が上げやすくありました。

「じゃあ、車を取りに行こう」

そう、今日はカーシェアリングで車を借りているからなのです。

出かける準備も、ショルダーバッグに財布とハンカチ、それからこの季節必須の折り畳み傘を入れたら、それで終わり。

今日も曇り空。

天気予報では降水確率は三〇％で降らない見通しだけれど、梅雨《つゆ》の空は油断なりません。

車移動なので降られても平気なのだけれど、それでも天気が持ってくれるに越したことはないわけで。

ふたりで並び、てってこと歩いて、目的の駐車場についた。

いくらかの営業車と普通車が並ぶ中、カーシェアスペースにはシルバーのコンパクトカーが鎮座しております。

車を借りる時は大体ここかもう一か所の駐車場。カードを読み取り部分にかざすとロックが解除され、乗り込むことができるようになりました。

今日が曇りで良かった。

真夏目前とはいえ、昼日中、日なたに置かれた車の中なんて目も当てられない。日陰ならば多少ましになるけれど、この駐車場は日差しをもろに受けるので、夏場は車を借りるのに結構ためらう。

「本格的な夏になったらしばらく行けないねぇ」

「仕方ない。乗りたくないもんな」

「ほんとそれ」

自家用車ならちょっと我慢して乗ることもあるかもしれないけれど、カーシェアリングならばそうならない。

車に乗ってエンジンをかけ、いざ出発。

下町の週末だけあって人通りが激しいので、ゆっくりと。

ペーパードライバーというわけではないけれど、最近はこうしてカーシェアリングでしか運転する機会はないので慎重に。

通りに出て、まずは業務スーパーに向かいます。

歩いて行ける距離にも業務スーパーはありますが、今回はそこには行きません。

何のために車を借りたのか。

歩いてだと持ち帰るのがしんどいくらい買い物をしてしまいましょう、と考えたからこそのカーシェアリングなわけで。

そんなに遠くなくて、駐車場があるところとして時折利用するのが、江戸川《えどがわ》区は瑞江《みずえ》にある業務スーパー。通称『業スー』。

午後になると駐車場が埋まっていることが多いので、こうして午前中に出てきた。

安全運転でトコトコ車を走らせること大体二十分強。

業務スーパーの駐車場に到着した。

空《あ》いているスペースは三台分。

涼音とあずさの車の真後ろの車も目的地はここみたい。そしたら空いているスペースは残り一台だ。

ギリギリ滑り込むことができた感じ。

「空いててよかったー」

満車だと、待機か近場の時間貸し駐車場に停めるかになってしまう。

車を停めたら、ふたりでいざ売り場へ。

「はいこれ」

「はいはい」

まずは野菜ゾーン。

こちらで買うものはおおむね決まっております。

ねぎ。ニラ。大根。ほうれん草。れんこん。なめこ等々。

いつもの常備野菜をかごに放り込んでいく。

この辺で迷うことはない。大体必要なものは常に決まっているから。

冷凍の野菜もあるけれど、あんまり必要性を感じない。

週末で仕入れた野菜は、一週間で使い切ってしまうから。

「じゃがいもと玉ねぎは……」

「いらないね。仕送りの分まだあるもの」

「ああー、あれもそろそろ使い切らないとなぁ」

じゃがいもはちょっと芽を出してきているし、玉ねぎも芯《しん》が緑色になったりしているのがちらほらと。

いつまでもだらだらしているとダメにしてしまう。

それはもったいない。

「ここはひとつ、じゃがいもと玉ねぎの消費の加速をば……」

「うん、そうしよう」

涼音の意見にあずさも相違なし。

捨てるなんてとんでもない。

酒と食を愛する者としては、食品ロスはできるだけ避けたいところである。自分たちだけでやっても意味ないかもしれないけれど、こういう小さな積み重ねこそ大事じゃないかと思うのです。

と、御大層《ごたいそう》なことを言ってみたけれど、要は貧乏性なだけだったり。

ちょっとくらいの見栄を張るくらいは許されるだろう。誰かに胸を張って大きな声で喧伝《けんでん》するわけでもあるまいし。まあまあこんな涼音でも、多少なり見栄というものを持ち合わせたりはしている。

さぁて。

そんなことはさておいて、今は買い物を楽しもう。

割と楽しいのです、お買い物。

何かを買うことが楽しいのではなく。

お酒を楽しく飲むために何を買えばいいのか。これを買ったらどんな楽しい一杯になるか。それを考えるのは実にたまらないもの。

そういうときに、高いものじゃなくて、いかに安いものを買うかが結構涼音の中では大事だったりする。

安くあがって美味しく食べられて楽しく飲める。

こんなわがままを叶えてくれるひとつが、この業務スーパーなのです。

こうして業務スーパーを訪れるたびに思う。

まったく、相変わらずお得感たっぷりだ。

実にけしからん。こんないいお店を使わないなんてお酒に対する冒とくである。

入店してカートにかごをふたつセットして、まず思ったことがそれだ。

お酒に対する冒とくなんて実に阿呆《あほ》な話であって、いったいこの世の中の何人に当てはまるのか、と真面目《まじめ》に考えれば考えるほど無意味であることが露呈《ろてい》するわけでありますが。

この話が当てはまるのは、自分でお酒に合うおつまみを作って晩酌を楽しんでいる涼音ただひとりだけでいいのです。いいえ、あずさも当てはまるのでふたりでいいかもしれなくもない。

誰かに言っているわけではなく、自分に対してこう力強く宣言したく、涼音は心の中で強く決意を固める準備をするための心構えを――

「こっちをかごに入れてね」

「あっ、はい」

考えごとをしていたため、野菜の生鮮コーナーを抜けてずんずんと進んでいくあずさにカルガモの雛《ひな》のようについていった結果。

到着したのはお米ゾーンでした。

指名した銘柄のお米十キロを持ち上げてカートへ。

そういえば米櫃《こめびつ》もからっぽ目前だった気がする。

涼音は完全に見落としていたので、ありがたいことです。

それから、冷凍のお魚やお肉に狙いを定めて、いいなと思ったものをかごにぽいぽい。

それから卵。これは欠かせません。一週間で一パックが大体なくなりますから。

「こんなもん？」

「これ以上は入らないか」

「うん、多分いっぱいいっぱいね」

「じゃあこれでいっか」

使いきれなかったり、もともと冷凍庫行きかはその時々の状況や事情によって左右されますが、ともあれ様々な要因から冷凍庫にストックするかたちになっていたお肉やお魚諸君を、無駄にすることなく無事に使いきることに成功したのです。

冷凍しておけばずっと置いておける。

さすがにそんな甘い話はないわけで。

冷蔵のお肉やお魚を冷凍した場合は、長くても一か月以内に使い切るのがベスト。冷凍庫を頻繁《ひんぱん》に開けるような場合はさらに短くなる、と言われています。

長い時間冷凍しておきたいのなら、最初から業者が冷凍長期保存前提で加工&パッキングしたものを買うべきなのです。

今回ストックになっていたのは自分たちで冷凍したもの。

ダメになる前に使いきるのはそれなりに苦労もあって大変でした。

自分で凍《こお》らせたんだから自分たちで使いきるなんてあたりまえ。

凍らせたものを解凍して。

凍らせていたものに合わせたごはんを作って。

そしてどうせ作るのなら美味しく食べて。

美味しく食べられるものなら美味しくお酒が飲める。

とは言いつつ。

間違いなく苦労した。

そう断言できます。

美味しく食べて、美味しく飲んだのも間違いない現実。

そうなると、いくら「苦労したんだ、大変だったんだ」と訴えても、美味しく食べ散らかして楽しく飲み散らかした自分がいて。

大変だった記憶がお酒によって薄れてしまっていた。

他の方は分からない。

あくまでも涼音の場合。

楽しいお酒のためにならちょっとやそっとの面倒もやぶさかではないと思えてしまうのです。

そういう意味では、面倒だなぁ、という気持ちの割合が強い人とは心の底から理解し合えないと思うわけで。

日本中の台所に立たれる老若男女の皆々様が、料理をちょっとでも面倒じゃないと思えるようになればいいなぁ、と思う涼音なのでした。

あらかた必要なものはかごに投入し終わりました。

「そうだ、ひとつ買いたいものがあるんだ」

「ああ、そうなの？」

「うん。持ってくるからちょっと待っててね」

「はいよ」

あずさが棚の立ち並ぶ通りに消えていきました。

涼音はその場で待機。

スマホを見ると時刻は現在十一時過ぎ。

買い物をしていたのは大体一時間くらいか。

まあまあ、いつもの所要時間という感じ。

それなりに時間が余ったなぁ、という感想を抱いたところで、あずさがさして時間をかけずに戻ってきた。

「はいこれ」

あずさが持ってきたのはゴールデンカレー。

「ああ、カレーね」

カレールウには多々種類はあれど、価格帯的には二〇〇円を切っていることが多い一品。

下限は一五〇〇円弱から上は三〇〇〇円まで色々あるものの、値段的にはそこまで変わらないので積極的に安いものを買う、という類《たぐい》の食材ではございません。

有村家では買った人の気分によって家に置いてあるルウが結構変わる。

これの前に食べていたのはバーモントカレーで、その前はこくまろカレー。さらにその前はジャワカレーだったと記憶している。

辛さは中辛で統一。銘柄によって辛かったり甘かったりするので、その変化を楽しむのも乙《おつ》である、という理由から。

一から香辛料を調整して自作したカレーを探求してみたこともあるけれど、味の基準としてライバル視していた市販カレールウの方が普通に美味しかった時は、衝撃を受けてしまった。

もちろん市販カレールウよりも美味しい自作カレーを、研究し探索し突き詰め突き詰め、ついにその人なりの至高の一皿にたどりついた、もしくは頂《いただき》を目指す道半《なか》ばのこだわり派もおられることでしょう。

しかし涼音はそこまで突き詰めることができなかった。

少なくとももう涼音はやらないだろう。

涼音が諦めてしまったのもあるのだけれど、自分でやってみればやってみるほど、市販のルウのあまりの美味しさを思い知らされてしまったのだ。

具材を炒めて煮込んでルウを溶かすだけ。

たったそれだけなのにどれを買って食べても美味しいカレーができるので、日本が誇るカレールウはすごいのだ。

「じゃあ今日はカレーかな？」

「そうだね、そのつもり」

肉は冷凍のものを解凍すればよしとして。

そういえばにんじんは買っていない。

いいのかな？

いいのかもしれない。でも、あずさだって人間なので忘れているかもしれないので聞いてみる。

必要だと思っていたらカレーと一緒に持ってくればよかったのだから、忘れていたんじゃないかな、と。

「にんじんは？」

「いらないかな」

即答でした。

あずさがにんじん嫌いだったはずがない。

入れないというのなら、否やはないのでした。

「じゃあ会計するよ？」

「いいよ」

これで買い物は終了です。

ふたりはレジに並ぶ。

どの列も三人なので、一番近いところに。

次々と捌《は》けていく客。レジもプロの技ですなぁ、なんて思っているとあっという間に自分たちの番だ。

かごを置いて、あずさが残り涼音がカートを押して奥へ。

ピッ、ピッ、ピッ。

と次々と鳴る音。

埋まったかごがやってくればカートに載せて。

お米を載せて。

すべて読み込んであずさが支払ってくれている間に、涼音は袋詰めだ。

大きいもの、丈夫なものから入れて、重さがかかるとまずい華奢《きゃしゃ》なものを上に。一袋目に半分ほど詰め終えたところであずさがやってきて袋詰めを手伝ってくれる。ふたりでやれば早いのです。

ほどなくして袋詰めも完了。

ぱんぱんの袋が三つにお米。

これだけ買い込むことを考えたら、車を借りたのは正解なのです。近所で買ったのだとしても、これを持って帰るのはかなりの重労働。

別に持てない重さじゃないけれど、そんなことをわざわざせずともカートを使えば車まで楽なのでもちろんそちらを使います。

カラカラと押して駐車場へ。

車のバックドアを跳ね上げてラゲッジルームに荷物を入れて。

カートとかごを戻せばおしまい。

「帰ろうか」

「うん」

車に乗り込んで帰路へ。

卵とかがあったりするので、行きよりもより安全運転で。

急ハンドル急加速急ブレーキは事故のもと。

行きとあまり交通量も変わらないので、大体二十分ほどの運転で自宅まで到着しました。

距離は大したことないのに、都内はやはり車でも時間がかかる。

郊外で信号が少ない幹線道路なら、二十分もあったら十キロ以上は軽く走れるのに。

そんなことを考えながら運転しつつ。

「この後、ドライブ行く？　お昼でも食べがてら」

あと少しで家に着く、というところで涼音はそんな提案をあずさにしてみます。

時間はもうすぐ正午。

車はもうしばらく借りることができるので、ドライブに行っても問題ない。

「ん、いいんじゃない？」

「じゃあ行こう」

「そうね」

そんな話をしているうちに、車は路地に入り込む。

一方通行の道に気を付けながら進むと、見慣れたいつもの建物が見えてきました。

「よし、着いた」

アパートに車を停めて、まずは買ったものを出してしまいます。

ふたりで運び出せばすぐなのです。

玄関の鍵を開けて、荷物を冷蔵庫の前に置く。

「じゃあ私が冷蔵庫にしまっちゃうから、車よろしくね」

「分かった」

さすがにアパートの前に放置はまずい。

これからまた乗るにしても、返却するにしても。

路地だけれど、基本的には駐禁になっているのです。

警察の巡回はめったにあるわけじゃないけれど、ないわけでもない。

自転車に乗ったお巡りさんが時折ここを通る。

万が一遭遇して、そこで駐禁でも取られてしまったら面倒だ。

それを避けるために運転席に涼音は戻って座っている。

あずさだけにやらせるのは申し訳ないなあと思うものの、彼女は免許はあるものの完全なるペーパードライバーなので、こと車に関してはこうなるのです。

涼音が運転を引き受けて運転席を守る間の作業全般をあずさが引き受ける。

これが夫婦内のルールなのでした。

「お待たせ」

冷蔵庫にもろもろをしまい終えたあずさが戻ってきました。

さあ、さっそく向かいましょう。

最近の車は静かだなぁ、と思いつつ。車がエンジン音を鳴らしてタイヤが転がっていく。

涼音も車の中でただボーッとしていたわけではなく。

どこに向かうかは考えていたのでした。

といっても……。

「そんな遠くまでは行かないけどね」

涼音はそのまま船堀橋《ふなぼりばし》ランプから首都高に駆け上がり、高速を走らせます。

たまにはいいでしょう、このくらいの贅沢《ぜいたく》は。

行く先は下道でも行けるくらいの距離。

でもドライブなので高速を使うのもあり。

それと国道357号線は結構渋滞するので、それを避けたい気持ちもあったりします。

わざわざドライブに出たのだから気持ちよく流したい。自分から渋滞にハマりにいって

時間とガソリンを垂れ流す趣味は、涼音はもちろんあずさも持ち合わせていないのでし

た。

この時間は首都高も東関東自動車道も空《す》いているのですいすい走れます。

湾岸習志野《わんがんならしの》インターチェンジで降りて、向かう先は海浜幕張《かいひんまくはり》の三井《みつい》アウトレットパーク幕張。

高速で流れていく景色は、テーマパークから都会の緑、海浜と目まぐるしく顔を変える。

めったに車に乗らない二人にとっては、そんな光景も珍しく、楽しいものだった。

あっという間に――。

「さて着いた」

「早かったね」

近場のコインパーキングに車を停めて。

着いたのは十二時四十分。運転時間は大体四十分前後。

これが公共交通機関でもあんまり時間は変わらないので、いかに車だと楽かが分かろうというもの。

基本的には電車と車なら、電車の方が早い。

それに新小岩から海浜幕張……ここで言うと幕張メッセなどでしょうか。

意外と乗り換えが面倒だったりで、直線距離は大したことないのに思った以上にかかったるいのです。

さてさて。ドライブというお金がかかる娯楽をしにきたのについつい誰に釈明しているのかと聞かれそうな言い訳がましい思考は横にうっちゃってしまいましょう。

せっかく来たのだからね。

「アウトレット回る？」

「そうしよう」

ほしいものがあれば買ってもいいけれど、基本的にはちょっとぐるっとうろついて、その後ごはんに行く感じがいいだろうか。

何せ海浜幕張は、メッセでイベントがあったりすると昼間はどの食事処もよぅく混むのです。

ごはん屋はたくさんあるのに、どこにこんなに人がいたのだろうか、と思うくらい。なのでちょっと時間を外すとちょうどいい塩梅《あんばい》になっていく。

まあ、そこにわざわざ足を延ばしてきた涼音とあずさも、人のことなんて言えないわけですが。

「ひさしぶりに来たね」

まずは三井アウトレットパークへ。

特に涼音はほしいものがなかったのでそのままだったけれど、あずさはグレージュの薄手のブルゾンをほしがった。

おしゃれはもちろん、紫外線対策と冷房対策も兼ねております。

「似合う？」

「うん。ちょうどいい薄さだね」

夏の冷房は、とかく女性には効くのです。

これは人体の構造上の問題なので、こういう対策が必要なのは当然のこと。

「ありがと。じゃあ買ってくるね」

「うん」

ほどなくしてあずさが戻ってきました。

これから夏本番。

そうなったらクーラーの稼働も本番。

イコール女性がかかりやすい冷房病の猛威も本番というわけです。

「アウトレットでよかったー」

こういうのを他のお店よりも気楽に買えるのは、アウトレットのいいところでしょう。

その後もしばらくうろうろしてみた。

最初から涼音は何か買うつもりはなかったのだけれど、あずさもあのブルゾン以外にほしいものはなかったようで、都合三十分弱くらいで「もういいかな」とウィンドウショッピングは終了と相成った。

フロアを全部回れたわけじゃないけれど、まあくまでもここに来たのはごはんを食べるためというのがメインで、アウトレット回りはお昼の混雑緩和を狙ったおまけだったので別にいいでしょう。

本当にちゃんと回ったらもっと時間がかかるのは以前訪れた時に体感済みです。

三井アウトレットパーク幕張は、他のアウトレットに比べると規模はそんなに大きくはないのだけれど、それはアウトレットというくくりでの話。

ターゲット層じゃないお店をスルーするにしても、そもそも敷地が広いので歩いている時間も結構かかるものです。

「じゃあごはんに行こうか」

「そうね」

アウトレットにはいまいちピンとくるごはん屋さんがなかったので、隣にあるプレナ幕張へ。

こちらはお食事処のテナントがたくさん入っています。一階はフードコートがあって充実のラインナップ。

なのだけれど……。

「結局」

「こうなったかぁ」

案内された席に腰掛けて、涼音とあずさは苦笑い。

こちらはイタリアンの超有名店。おそらく日本で一番有名と言っても過言ではないかもしれない。

そう、サイゼリヤ。

プレナを回ってもいまいちピンと来なくて。

いえ、プレナ幕張で営業している各お店が悪いわけじゃないのです。

ただ気分じゃない、という理由なだけです。

色々回ってみたけれどいまいち何となく入る気分にならなくて。

三階に上がるとガストとサイゼリヤという鉄板のお店があって。

ガストもサイゼリヤも並んでいた。

でもサイゼリヤの方が人数が少ないので。

「サイゼでいい？」

「異議なし」

という短い認識合わせの後にサイゼにしたというわけです。

わざわざ海浜幕張まで来てサイゼかよ、とは、誰よりも涼音とあずさが思っていることと。

サイゼもガストも新小岩にあるので、いつでも行けるのだからそう思うのもむべなるかな。

でも入ったことのないお店に入る冒険に挑むよりは、味の保証がなされているサイゼリヤやガストといったところを選びがち問題はきっとある。

それに、普段自炊派の涼音とあずさにとっては、意外とファミレスって久々だったりするのです。

たまに食べたくなるミラノ風ドリア、小エビのサラダ、ポップコーンシュリンプ、カルボナーラにドリンクバー。

これだけ食べても二〇〇〇円くらいなのだから、サイゼリヤはすごいレストランだ。

それでいて味に外れなし。

いつ来ても安心安全のクオリティ。

家からちょっと歩けばいつでも行けるサイゼリヤなのだけど、有村家にとっては久しぶりの特別な外食のひと時。

「安いうえにうまいからすごいよね」

「ここのワインて、結構こだわってるらしいよ」

「へえ、そうなのね。でも今日は無理ね」

「車だからなぁ……」

美味しいごはんを食べながら、ふたりで今度は絶対ワインを飲みに来ようと決めるのでした。

◇

食べ終えてお会計をして。

気付けば時間はもう十五時を回ろうとしていました。

時折くだらない話に興じながらだらだらしていたのだけど、思っていたよりもゆっくりとしてしまったようだ。

食べ終わるころには、時間的にも新規客より退店する客の方が多かったので、だらだらしていても一切何も言われなかったのは幸い。

居酒屋も空いていれば、長居しても何も言われないのと一緒だろう。

車に乗り込んで渋滞情報を見ると、まだ道は混んでいない。

「よしよし、今ならスムーズに帰れるぞ」

「ぎりぎりね」

もうしばらくすると渋滞の兆《きざ》しが出てくる。

そして夕方からは東関道《とうかんどう》名物、習志野料金所から高谷《こうや》JCT《ジャンクション》くらいまで渋滞になってしまう。

日が暮れる十七時過ぎくらいならある程度進んではくれるものの、ハマらずに済むならその方がいいのは間違いない。

時間経過とともに渋滞に近づいていくのであれば、さっさと出てしまうのがいいでしょう。

ちょっと交通量が多いだけでまだまだスムーズに流れている。

その流れに乗っかって、急がす騒がず慌てず。

他の車に紛《まぎ》れるように走って一路自宅へ。

ちょっとした贅沢だったけど、悪くはないでしょう。

「到着」

「運転お疲れ様」

あずさを家の前に降ろして。

「じゃあ車を返してくるよ」

「よろしくね」

あずさが家に入っていくのを見て、涼音はもともとの駐車場へ。

車を枠に収めて所定の手順を済ませたら返却完了です。

ETCカードの回収も忘れずに。

これを閉じ込めてしまうと回収が大変になってしまいますからね。

てこてこと歩いて自宅へ。

この時間は一日でもっとも気温が上がる。

まだ六月だからいいけれど、あと数週間もしたら梅雨明けの夏本番がスタートする。

とんでもない暑さと戦うことになるのは間違いない。

このところは毎年連日の猛暑猛暑酷暑酷暑。

ピークには最高気温が三十五度を超えることもまったく珍しくなくて、三十三度とかだと「今日はちょっと楽だな」なんて思ってしまうほどです。

子どものころを思い返せば、三十度を超えたらヤバい暑さなので気を付けましょう、とか言われていた気がするので、ここ二十余年でずいぶんと変化したものです。

家に着くと、あずさはすでに部屋着に着替えてのんびりとしていた。

「麦茶飲む？」

「あ。もらう」

「はーい」

さあ、その間に手を洗ってうがいをして。

ついでに下を楽なジャージに着替えてしまう。

家の中はラフな格好でいいでしょう。

また外に出る必要があったら、その時にまた着替えればいいだけなので。

着替えてあずさの元に行き、麦茶を受け取る。

カランと鳴る氷と汗をかいたグラスが涼やか。

外を見ると少しオレンジがかっている。

夕方、日が沈もうとしているのだ。

暑い季節の夕方はどうにも気《け》だるい気分になるのはなぜだろうか。

帰宅してゆっくりしていると、三十分なんてあっという間です。

気付けば涼音はちょっとうとうとしてしまっているのでした。

◇

「そろそろかな」

ボーッと身体を休めていたあずさ。

夕飯の準備をしてもいい時間になってきた。

涼音はうたた寝している。

久々の運転でちょっと疲れたのかもしれない。

あまり長く寝かせると夜寝れなくなってしまうだろうから適当なところで起こすとして。

カレーを作るとしましょうか。

台所の端に置いてある段ボールから玉ねぎとじゃがいもを取り出します。

冷蔵庫からにんにくをひとかけ。

そして買ってきたカレールウ。

今日用意するのはこれだけ。

お肉は入れようと思っていたけど、今日はあえてなし。

そのかわり玉ねぎとじゃがいもが多め。

今回作るのは五皿分。

記載通りだと玉ねぎは一個、じゃがいもは二個か三個だけれど、今回玉ねぎは二個、じゃがいもは五個使います。

「さぁて、まずはごはんだね」

炊飯器には、三十分前くらいにお米を水に浸《ひた》しておいたので、スイッチをポチッとする。

大体一時間で炊き上がるので、その間に料理の準備。

まずは玉ねぎを薄切りにしていく。

切り終わったら玉ねぎを耐熱ボウルに入れて六〇〇Wで三分くらいチン。

そうすると柔らかくなって、炒め時間が短くできるのです。

レンジの間に、じゃがいももピーラーで皮をむいて、八つに切り分けます。八等分と言いたいところだけど、適当に切ったのでそんなにうまくはいかず。

フライパンに油をひいて温めて、チンし終わった玉ねぎを投入。塩コショウその他色んな香辛料がブレンドされたスパイスを振りかけて下味をつけて。

弱火で飴《あめ》色になるまでジュージューと。

じっくりじっくりと木べらでかき混ぜかき混ぜ焦《こ》げないように。

これをレンジでチンせずにやると三十分とかは軽くかかってしまうのです。

チンしていても十五分とかかかったりするので玉ねぎを飴色にする作業は実に大変だったりします。

玉ねぎを炒《いた》めるフライパンの様子にしっかりと気を配りつつ、じゃがいもをさっきの耐熱ボウルに入れてラップをしてチン。

炒めているうちに火を通すことができるので一石二鳥。

後は玉ねぎに集中。

玉ねぎを木べらでかき混ぜていくうちに、ようやく玉ねぎがいい色になってきました。

「うん、こんなもんかな？」

いい感じに柔らかくなったので、ここに水をパッケージ通りの分量を注いで火にかけて沸騰させる。

本来ならここで煮込むのだけれど、今回は玉ねぎをすでに飴色まで炒めているので、煮込む必要はない。

沸騰したところでにんにくをすりおろして投入し、火を止める。

ここで登場したるはゴールデンカレー。

フライパンのお湯を適当な器に入れて、カレールウをひとかけずつ投入して溶かします。

すべて溶けたらそれをフライパンに戻して、さらにここでじゃがいもを投入。

木べらでゆっくりとかき混ぜてカレーを全体にいきわたらせたら。

「さて、これこれ」

ウスターソースを取り出して外側と内側にひと回しずつ。

コーヒーなど隠し味は色々あるけど、今日はこちらです。

この隠し味で調《ととの》えて。

後は蓋《ふた》をしてトロ火にかけて十分くらいトロリとするまで煮込めば完成です。

時折かき混ぜるだけでいいので、あずさはいったん一休み。

コトコトといい音といい匂いがします。

「ん……？」

匂いに釣られたのか、涼音が起きてきた。

そろそろ起こそうかなと思っていたので、ちょうどいいタイミングです。

「おお、カレーのいい匂いが」

「この匂い、たまらないわよね」

「ほんとに」

あずさは席を立って蓋を開けて、木べらで固まらないようにかき混ぜる。

「うん」

ひとつうなずいて席に戻る。

すると炊飯器がピピー、ピピー、と音を立てて炊き上がったことを知らせてきます。いいタイミングだ。

「ちょうどちょうど」

後はカレーができ上がるまで蒸らしておけばおいしいごはんになってくれる。

もう少しだけ待って、もう一度カレーをかき混ぜるために席を立ちます。

ついでにしゃもじを準備。水につけられるようにワンセットになっているやつなので、それに水を溜めておく。

そして待つこと約十分。

「そろそろかな？」

カレーの様子を見ると、十分にとろみがついていた。

そうそう、このとろみだ。

後入れしたじゃがいもは、しっかりと形と固さが残っている。

想定通りのでき上がり。

完璧です。

「これだけじゃ物足りないから……」

いったんカレーは横に置いて、もう一品。

三個パック九八円の絹豆腐を二個。小皿に移して終わり。生姜チューブと、凍らせてある振りかける用の分葱《わけぎ》を用意すれば彩りもバッチリ。

こんなお手軽さで一品になってしまうのだから、冷ややっこというものは実に優秀なお料理です。

これをお料理というのか……というのは、かかる手間の少なさから異論を唱《とな》える人がいるのかもしれないけれど。

あずさは間違いなくこれも料理だと思うのです。現に、自炊はじめたての頃はこういうことからスタートしたわけなので。

まあそれはともかく。

後はしょう油を……これは食べる人が好きなものを好きにかけたらいいかなと思って、このまま出すことに。

まずはこれをテーブルに持って行ってしまう。

続いてカレー皿に蒸らしたごはんを盛りつけ、でき上がったカレーをかけて今日のごはんは完成です。

そういえば福神漬けもらっきょうも用意していないけれど、あずさも涼音も、それにこだわりがあるタイプじゃないのでＯＫでしょう。

あれば食べるし、なければないで「ふーん、そっか」で終わる程度のものだ。

それよりも、これにはどんなお酒を出すか。

実はあずさの中ではもう決まっていました。

ウィスキーを用意してソーダで割る。

ここまで言えばわかるでしょう。

本日のお酒はハイボールだ。

やっぱりハイボールはジョッキが似合うと思う。表面にかいた汗と氷の冷ややかな音がこの季節にピッタリだ。

でき立てのカレーと、ひえっひえの冷ややっこにはおしょう油なりめんつゆなり胡麻《ごま》ドレッシングなりお好きにどうぞ。

それからハイボール。

「おお、いいねぇ」

「でしょ」

あずさが作ったものなら間違いなし、という涼音の顔だ。

同様に涼音が作ったものなら間違いなし、とあずさも思うので、似たもの夫婦でありま
す。

「じゃあ、今日もお疲れ様」

「明日からまた一週間がんばろう」

「そうね、これで英気を養って……」

「カンパイ」

「カンパイ」

ジョッキをかつんと打ち合わせて。

まずはグビッと豪快に。

これだけあるんだから、ちょっと多めにいったところで問題なし。

「っはあ～～～」

きりりとした喉ごしとこのキンキンの冷たさが暑くなってきたこの季節には最高です。

正面では涼音が「くぅ～～」とやっている。

ちょっとオーバーリアクションだけれど、これくらいでいい。否、これくらいがちょうどいい。

せっかくお楽しみの酒を飲んでいるのだから、盛り上げてくれるならそれに文句なんてございませんです、はい。

「さて、カレーをば……」

今回肉なし人参なしの、具材はじゃがいもと玉ねぎのみ。

玉ねぎには香味野菜としての役割をこなしてもらっています。

これをいつものカレーの手順で具材を煮込んでいたら溶けてしまっていただろうけれど、沸騰させたらすぐにルウを投入したので、まだ残っている。

果たして。

「ん……」

美味しい。

辛すぎず甘すぎずピリッとしたいい塩梅のスパイシーさ。

トロトロの玉ねぎとほっくほくのじゃがいもがたまらない。

隠し味にしたウスターソースが深みを与えてくれて、にんにくが味を引き締めている。

はちみつを入れればコクと甘みも出るけれど、今回はお酒のお供なのであえて加えておりません。

　このカレー味が口の中に広がったところで、ハイボールをぐびっと。

　スパイスの効いたカレーには、このすっきりとした飲み口のハイボールは実に合う。

　主食のカレーだけれど、こうしてお酒が飲めることは分かっていました。

　というより、カレーライスでお酒を飲んだのは一度や二度ではないので、あずさ涼音両名にとって晩酌としてじゅうぶん成立しているのでした。

「あー、カレーにはハイボールも合うなぁ」

「そうね、ビールも良かったけどね」

　カレーはスパイスと同時に脂質のこってりさも楽しむ料理。

　ビールやハイボールで脂《あぶら》っこいものを流し込むのが極上の組み合わせであるからして。

　ビールが合うのも当然。

　であるからして、レモンサワーでもじゅうぶんいけます。すでに試したことがあるので間違いなし。

　まだ試したことはないけれど、日本酒や芋焼酎《いもじょうちゅう》もいいそうです。

　これならばもともとお酒の肴《さかな》として優秀な一品である冷ややっこは言うまでもありません。

あずさは今回はポン酢で食べることにする。

涼音はいつものしょう油で頂くようです。

「うん、美味しい」

たまに食べると実に美味しい。

今回はサラダがないので、ある意味ではこれがサラダ代わりと言えなくもない、かもしれない。

あずさにとってはこれがサラダなのです。

なお、異論は受け付けます。

「ぷはっ」

ぐびぐびとハイボールが進む進む。

このお酒とカレー、そして冷やっこ。

最高の組み合わせです。

主食だけどお酒が最高に合う。

普段はごはんでお酒を飲むことはないけれどね。

「あー、今日もあずさの飯は美味しいな」

「ふふふ、ありがと」

何を飲むか。

何を食べるか。

それも大事だけれど。

誰と飲んで誰と食べるのか。

それもまた、美味しいお酒を飲むために一番大事な要素かもしれないなぁ、なんて思うあずさなのでした。

第四話 残業の後はいけないことを

あずさは、弱火でぐらぐらと茹《ゆ》でられたシャウエッセンを引き上げて、お皿に盛って、ケチャップとマスタードをお皿に用意する。

それと昨日のごはんのおかずだった、タケノコとシイタケの煮物の残りを、冷蔵庫から少しだけよそって。

本日のお供ができあがりました。

早速食卓に並べます。

その次に焼酎一式を配膳。

夫婦それぞれ焼酎の水割りを作りはじめる。

この焼酎はお徳用の宝《たから》焼酎四リットル。これはこれで、透明感のある飲み味でとても飲みやすい。

ブランドものは特有のコクがあったりして素晴らしい味だし、その値段に見合うよいもの。

でも、だからといってこのお徳用の甲類焼酎に見るべきものがないという話じゃなくて。

人によっては飲み比べたうえで、こちらの方が好き、ということだってあるでしょう。

さぁて、レモン汁と梅干しも用意したのでそれぞれお好みで。

これで準備は完了。

「今日もお仕事お疲れさま」

「うん、お疲れさま」

ふたりでコップを打ち合わせて乾杯。

水割りをマドラーでかき混ぜて冷やしてから、あえて何も入れずにまずは一口。

うん、美味《おい》しい。

さっぱりとした飲み味の水割りがキリッと冷えていることで、いくらでも飲めてしまいそう。

そしたら、まずはシャウエッセンから。

パキリといい音がする。

そしてじゅわっと広がる肉汁。

美味しい。

口の中にいい具合に広がった脂《あぶら》と旨味《うまみ》を、流すように水割りをぐびり。

最高。

対面を見ると、涼音がシャウエッセンを食べるところでした。

あずさより遅れたのは、涼音は最初から梅干しの水割りにしていたからなのでした。

彼の手にあるグラスの中では、梅肉がいい感じに踊っている。

梅干し割りも悪くないなぁ。

水をソーダにしたら梅サワーにもできることですし。

涼音の方からもパキッといい音がしたので、その音を肴《さかな》に追い水割り。

今日もお酒が美味しいのです。

「あー、幸せ」

お酒の味が広がった口の中に、煮物を放り込む。

食べてから飲んでも美味しい。飲んでから食べても美味しい。どちらでも美味しく楽しむのは酒飲みとしての必須スキルではないかと思います。

さて、いつもの晩酌《ばんしゃく》に比べて、食卓に並んでいる肴のボリュームはかなり控えめ。

シャウエッセン六本と、中型の深皿に盛った煮物のみ。

それというのも夕食は夕食で、別に食べているからです。

晩ごはんは煮物とアジの開き、タッパーで常備しているお新香とたくあん、お味噌汁にごはん。

特別なことはあまりない夕飯だったけれど、それなりにしっかりとお腹が膨《ふく》れているので、これくらいのおつまみで十分というわけ。

「ふう……」

半分ほど水割りを飲み終えたところで、涼音がため息。

「あら、珍しいね」

ため息自体が珍しいわけじゃない。

楽しい楽しい晩酌時に、ため息をこぼすのが珍しい。

「いやあ、明日がちょっと憂鬱《ゆううつ》でねえ」

「そうなの？」

涼音が、仕事が大好き、というたちじゃないことは、あずさも分かっています。

でも、ものすごくいやだ、というわけでもなかったはず。

涼音の性格ならば、どうしてもいやだという職場なら転職を考えているはずだし、なんならもう転職を済ませていたかもしれないので。

「うん、今日の帰り際にね……」

定時すぐくらいに発報されたエスカレーションが気になると言います。

運用チームがにわかにざわつきはじめたのを見ていたそう。

涼音が所属する開発チームも調査に絡《から》もうか、と提案したものの、どうやら既知の障害っぽいとのこと。

既知の障害なら、対策手順がすでに確立しているため運用チームのみでも対処が可能である、ということでいったん保留された。

今は運用チームが残業して必死に調査や対処をしているだろう、と。

涼音の会社はシステム開発会社で、職種はいわゆるＳＥ《システムエンジニア》というやつだ。

「ふうん、そうなんだ」

「そうなんだよ。これで何もなければいいんだけど、こっちに流れてきたら大変なんだ」

今回のエスカレーションは割と厳しいものみたい。

「だから、最悪明日は残業かもしれない」

「……大変だね」

涼音の会社はお給料はそこまでよくはないけれど、その代わりにホワイトで職場環境がいいと聞いている。

なので、滅多《めった》に残業はないんだけれど。

「うん。しかも今回の件だと、残業が確定したらかなり遅くなりそうなんだ」

「なるほど、それは気が滅入《めい》るのもわかるよ」

残業確定、しかも遅くなることまで決まっているとなると、ちょっと憂鬱になるのは理解できました。

「私もそういう感じだと明日行きたくないなぁ」

「そうだよねえ……」

あずさもそんなに遅くなることは多くない、というか基本定時の仕事なので、残業からは縁遠くなって久しいのです。

でも、幸いと言うべきか。

「明日は金曜日だから、一日乗り切ればいいんだよね」

「そうだなぁ……休日出勤はないと思うけど……」

それはつまり、明日で解決しなければ問題が月曜日まで持ち越しになる、ということです。

クライアントも土日は休みなので、大丈夫とのこと。

これが土日も動いてるシステムだと、間違いなく休出だった、とは涼音の弁。

「まあ、それならなおさら、この時間を楽しまないとね」

休日出勤にはならず、明日一日だけ乗り越えればいいわけなので。

この晩酌で英気を養うのがいいのではないかな、と妻は夫に提案してみます。

「それもそうだ。憂鬱になりながらお酒を飲んでも、美味しくないのは間違いない！」

そう言ってぐいっと焼酎を飲み干し、涼音は二杯目を作りはじめました。

どうやら今度はサワーにするみたい。

基本は一杯、というふうに決めていたのだけれど。

まあ、今日くらいはいいでしょう。

二杯目を飲んだからといって、酔っぱらって翌日に引きずるような性質ではないからです。

「じゃ、私もサワーにしようかな」

涼音は梅干しサワーにするようなので、あずさはレモンサワーに。

夫のうっぷん晴らしに付き合うのが、あずさなりの良妻というものです。

ルールを破ることの後ろめたさを消してあげるための二杯目です。

もちろんそこに、二杯目が飲めるから、などというよこしまな気持ちは、まったく、これっぽっちも、毛の先ほども持ち合わせていないのです。ええ。

……本当ですよ？

◇

「緊急会議するぞー」

出勤後の全体朝礼が終わってすぐ、チームリーダーから招集がかかった。

「きたかぁ」

隣の席の同僚はうんざりとした表情でうなだれる。

これがポーズじゃないと、同じ立場の涼音にはよくわかる。

本来なら全体朝礼が終わったら、各々《おのおの》自分の仕事に取り組むかたちになるのが朝の光景。

夕方に進捗会議があるくらいで、こうして別に会議があるときは、大体緊急時であることが多い。

でもまあ。

「まだ分からないよ。何もなかった、かもしれないし」

と気休めを言ってみるものの。

それならメールに流れてきているはずなのだけれど、さっきメールボックスを上からざっと眺めた限りでは、そんな感じの件名はなかった。

「いやいや、分かってるだろ」

「まあ、ね」

涼音もまた仕方ないと首を振って、近くのミーティングルームへ。

オフィスには二部屋の会議室があって、その片方へ。

開発チームがそろったところで、リーダーが開口一番。

「案の定、昨日のあの件はこっちに回ってきた」

「あー……」

「やっぱりですか」

「似てたんだけどな……」

話を聞くと、障害の表側は似ているけれども、途中からデータベースの方がエラーを吐いているらしい。

既知の障害だとデータベース側のエラーは出ないので、やはり違うものだというのが分かる。

「こっち側でも調査をして、場合によっては改修だ」

改修となると、設計書の修正など、いろんな作業が発生するので大変だ。

でも、この場合何も直さずに済むわけがないので、これはそういったもろもろの作業が確定した瞬間だ。

「仕方ないなぁ」

今日は大変な一日になりそうです。

昨日の焼酎の水割りと、愚痴《ぐち》を聞いてくれたあずさのことを思い出しながら乗り切るといたしましょう。

カタカタとやっていると、あっという間にお昼になりました。

「うーん、午前中は大した進捗なかったなぁ」

「こりゃあ根深いな」

「データベースには何もなかったしな」

そう言いながら同僚は弁当を取り出します。

彼はいつも弁当派。

涼音は外で食べる派なので、何か食べに行きます。

近場のごはん屋さんの博多天神《はかたてんじん》がいいでしょう。

五百円でラーメンが食べられる、実にいいお店なのです。

案の定並んでいるけれど、回転率はいいはずなので、そこまで待たずに入れそう。

スマホを見ながら時間を潰していると、店員に席に案内してもらえました。
「あ、ラーメンかためで」
「はいよー、ラーメンかため一丁!」
「ラーメンかため一丁!」
威勢がいい掛け声。
ちょっと元気が出る。
周りはサラリーマンがほとんどで、皆くたびれています。
かくいう涼音もその一人。今日は特に疲れる原因がたくさんなので仕方ないことです。
しかし、そんなに待たずに入れたのはラッキーだった。
待っているとすぐにラーメンが出てくる。さすが博多ラーメン。
独特の香りが癖《くせ》になります。
コショウをかけて紅《べに》ショウガを放り込んで、と。
本当はにんにくも入れたいところだけれど、仕事中なので当然自重。
まずはあっつあっつのスープから。
ずずっ……。
こってりとした濃厚なとんこつスープが口に広がります。

麺《めん》をずずっとすすると、細いのにコシのある歯ごたえと、たっぷりとスープが絡んだ濃厚な味が楽しめる。

ああ、やっぱり博多天神は最高だなぁ、と涼音は感嘆する。

これで五百円なんて、一体どうやって採算をとっているのかと疑問に思ってしまう。

麺をすすってスープを飲んでを夢中で繰り返す。

気付いたらすっかり食べ終えてしまっていました。

「ふう……うまかったー」

食べ終わった会社への帰り道はゆっくりとでいいのです。

急いで歩くとしんどくなってしまうからね。

ちょっと迷ったのは替え玉を頼むかどうか。

一人前だとちょっと物足りなく感じるので、いつもは替え玉を頼むことが多いのですが、これからが仕事のピークになりそうなので自重しておいたのです。

ごはんを食べた後は眠くなる。

仕事中に居眠りしたことなんてない、と言いたいところだけれど。

残念ながら涼音はそんなに飛びぬけた優良社員ではないことからして。

仕事中の居眠りなんて何度したことでしょうか。

そうなってしまうことが分かっているからこそ、お代わりをせず、腹七分目か六分目くらいで抑えたわけです。

途中でお腹が空《す》いてしまうだろうけれど、それは眠くなる時間帯を外していつものオフィス・グリコからおやつでも仕入れればいいでしょう。

いつもならうとうとすることもあるんだけれど、今日はそんな余裕はないのです。

ウォーターサーバーを使って、アイスコーヒーを淹《い》れて。

それをぐいぐいと飲み干します。

ウォーターサーバーのカップの容量は一五〇ミリリットルくらいなので、缶ジュースよりも飲み干すのは簡単なのでした。

「さぁて、昼寝でもしておこうかな」

カフェインは飲んだからってすぐに効くわけじゃない、と何かのタイミングでググった時に知った。

飲んでから昼寝としゃれ込むのがいいでしょう。

目覚ましを意識しなくてもいいのは、昼休み後の始業でチャイムが鳴るからだ。

涼音は机に突っ伏す。

ほどなくして、意識が薄れていくのに身体を任せるのでした。

…………………

…………

……

「ふう……」

時計を見る。

もう定時を回ってしまった。

お昼の炭水化物を控えたおかげで、あんまり眠くならずに午後を過ごすことができた。

かといって捗《はかど》ったかといえばなかなかうまくいくわけじゃないのだけれど。

ログの調査は終わって、どこが原因でエラーを吐いているのかは午後のうちに判明しました。

じゃあそこを直せば終わりじゃないか。

いえいえ、そんなことはないのです。

それで済ませるわけにはいかないのが開発現場。

今は設計書とプログラムをチェックしているところです。

プログラミングをするタイミングでミスが発生したのか。

そもそもその前の設計が間違ってるから間違ったものができ上がったのか。

直す方法はなんとなくわかるものの、直したものがよそに影響を出しては意味がないので、そうはならないように直し方も考える必要があります。

それらを含めてチェックしないといけない。

ローカル……つまりシステムに関係しない場所で試しに直してみたところ、その障害を是正《ぜせい》できるだろう算段は立ちました。

しかしそれ以外の場所にちょっと影響が出そうだ、ということで、その解決策の検討中なのです。

再発防止を兼ねての調査。

ここを突き止めて修正をして。

そしたら直したパーツがちゃんと直っているか確認をして。

他のパーツと組み合わせた時に、よそに影響を出さずに動くかを確認して。

といった手順がまだまだ残っております。

「これはまだ帰れないなぁ」

「仕方ないよ。そっちはどうだ？」

「設計書は間違ってなさそうだけどなぁ。コードの方は？」

「こっちも見た感じ間違ってなさそう」

「マジか」

直す場所はいくつかある感じなので開発チーム全体で一生懸命やっているけど、なかなかどうにも、という感じだ。

得てして原因自体は大したことないこともあるのだけれど、直すのに時間がかかるようだとまた大変なのです。

「ちょっと連絡しておくか……」

涼音がスマホを手に取る。

「あ、俺も……」

同僚も真似をした。

涼音は昨日のうちに「残業するかも」と伝えていたので、そこまで問題はありません。

案の定あずさからは驚いたということはなく、了解と激励《げきれい》の返事が来た。

隣席の同僚は同棲している彼女がいると聞いている。

その彼女に連絡をしたのだろう。遅くなると待つ方はやはり不安になるもの。

これがいつも残業、という会社なら「今日も残業か」で連絡なしでも納得してもらえるだろうけれど、涼音の勤め先は結構なホワイトなのであるからして。

「さぁて、ちょっと息抜きしたら、またがんばりますか」

隣席の同僚が伸びをする。

気持ちはよぅく分かります。

もちろん現在は緊急事態であるからして、急いでそしてがんばる必要はあるのだけれど。

人間ずっと集中力を保たせることができるようには作られておらんのです。

一説には四十五分が限界とかなんとか。

それでなくとも、根を詰めれば解決するなら何も苦労はしないわけで。

もしもそうなら、今日は涼音も含めてチームメンバーみんながんばっていたのですから、残業なんかせずにとっくに終わっていたはずだ。

「一緒に一服行くか？」

「おー」

誘われたので立ち上がる。

ちょっとくらいはいいでしょう。

チームリーダーはこのくらいで目くじらを立てる人ではございません。

むしろ彼は喫煙者なので積極的に席を立つ側です。

吸わない人でも連れていったりする。

ついていくことで合法的に小休止が取れるので割と歓迎されている。昨今の喫煙事情・社会情勢にかんがみ、喫煙所まではついてこなくていい、というオマケつきなので、女性メンバーからもありがたがられております。

そういうお人柄なので、たばこは苦手だけどあえてついていって、そこでゆっくりと仕事その他の話をしたりするメンバーがいることも知っているし、かくいう涼音もそういうことをしたことは何度もある。

涼音も隣席の同僚もたばこは吸わないので、ウォーターサーバーでコーヒーを淹れて、給湯室で一息。さすがに自席でまったりはちょっとしにくいというかなんというか。

「うーん、うまい」

家にあるインスタントコーヒーと同じ銘柄なので、じゅうぶん満足できる。

特にこれは、香りを重視している銘柄。くゆる湯気に含まれている焙煎《ばいせん》の芳醇《ほうじゅん》なかほりが苦みだけじゃなく鼻でも楽しめます。

心が落ち着く。

相も変わらず安上がりなことで。いや、結構なことじゃないですか。お高いコーヒーじゃないと満足できない、なんてわがままな舌と鼻じゃなかったことをありがたいと思うべき。

結構いいものなのです。

安いインスタントコーヒー、と文句を言う社員はおりませぬ。

だって、会社が用意してくれている、正社員派遣社員契約社員問わず無料で使える備品なので。

いいものを飲みたければ自分で用意すればいいんです。

ウォーターサーバーしかない現場だってあるわけなので。

いやむしろ、それすらない現場だって別に珍しくないのですよ。

与えられるものに文句を言わずちゃんとありがたがる人のいい社員ばかり、というのも、涼音がこの会社に勤めている理由でもあるのです。

これで給料が高ければ……おっと、これは言わないお約束。

お給料の分、会社の設備に還元されている、と思えばこそでしょう。

「はあ……もうちょっとなんだよなぁ」

「あれでいいかの検証か？」

「そうそう。なかなかあっちを立てればこっちが立たずって感じでな」

難しいものである。

サクッと直してはい終わり、とは問屋《とんや》が卸《おろ》さなかったようで。

「まあでも、さすがに来週までは引っ張らずに済みそうかな」

この状況だと最終的にはそうなるでしょう。

今日がんばって終わり。

来週も朝からこの障害に取り組まなくて済みそう、というのは朗報ですな。

だからこそ、今日がんばろう、という気持ちになれるわけで。

「さ、今日これで終わらせて、気兼ねない週末を迎えようぜ」

「よーし、やるかぁ」

そのご意見には全面的に賛成する所存でございます。

来週に持ちこすなんてことになれば、週末をゆっくりと楽しめるのか。

分からない。

来週の仕事が気になって気になって、せっかくの美味しいお酒が二杯から一杯に変わってしまうかもしれません。

それは由々《ゆゆ》しき事態です。

そうならないためにも、今日中にしっかりと勝ち切らなくては。

自席に戻った涼音は、気合を入れて障害に立ち向かうのでした。

◇

日々気温が上がっていて、三十度を超える日も増えてきました。

暑いなぁ、口の中で軽くぼやいて、あずさはハンカチで汗を拭《ふ》く。

新小岩駅に着く時間になっても、まだまだ外は明るくて。

それはつまり、夜の涼しさがやってくるのが遅くなっているということです。

ここ最近は夜になったからといって超快適、というわけにはいかないのは間違いありません。でも、昼間の肌を刺し焦がしてくるかのような痛烈な日差しがなくなるので、体感温度は絶対的に下がってくれるのです。

その代わり湿度が高くて眠れない、なんて日がやってくる。

熱帯夜です。

今だってすでに、ちょっと寝るのがしんどくなってきたなぁと感じる日があるわけだから。

「ただいまー」

今日は道中のお店に気を取られることなく、自宅に辿り着いた。

いつもいつも、買い物をしているわけじゃなくて。

ほとんどの場合は今日のようにまっすぐ家まで帰宅しております。

とはいえさすがに部屋の中は暗いので、電気なしとまでは参りません。

静かな家は、あずさが定時で上がった日はいつものことです。

涼音が休んでいたり、午後半休だったりしない限りは常にこの状態。

「ふう……」

さっさと手洗いうがいを済ませてとっとと気楽な部屋着に着替えてしまう。

そして洗濯機に洗うものを放り込みます。

冬場なら数日分まとめて洗濯したところで問題ないのだけれど。

この時期は雑菌の活動が活発。放置すると汗その他が原因ですぐに臭くなってしまうので、そうそう放置はできません。

洗って解決できればいいけれど、洗っても取れなかったときがさあ大変。

そうならないために、毎日洗濯するのがいいんだ、とこれまでの経験で学びました。

そのおかげでこの時期の洗濯機はほぼ毎日稼働。

今日も涼音の洗濯物を入れたら洗ってしまおう。

ちなみになんとなく節約している生活の中で、洗濯機は奮発《ふんぱつ》してドラム式洗濯乾燥機を購入したのです。これを買ったことでＱＯＬが格段に上がったので大正解でした。

今日、やっぱり涼音は残業だろうか。

分からない。

時刻はそろそろ十八時。涼音の会社の定時だ。

残業が決まったなら、もうそろそろしたら連絡が来るはず。

その時はあずさはひとりで夕飯を食べることになります。

なら……先に作りはじめてしまうのがいいだろう。

じゃがいもと玉ねぎ、冷蔵庫から油揚げを取り出して用意。

じゃがいもを八等分にして、玉ねぎは乱切りに。油揚げは雑に細切りに。

お鍋に水を張って、味付けは白だし、おしょう油、みりん。

ベースは白だし。おしょう油とみりんで味を引き締めて甘みを加えます。それから味の素でちょっと深みを。

これで十五分くらい煮ればＯＫでしょうか。

後は様子を見ながらいい感じになったら火を止めれば良いでしょう。

「煮物はこれでよくて。あとは……」

冷蔵庫をぱかっと開けて中を見て。

「ああ、これにしようかな」

銀鮭《ぎんじやけ》の切り身がありました。

生ものなので当然長くは保たず、そろそろ冷凍庫に放り込まなきゃいけない。

ならば焼いて食べてしまうのがよさそう。

すぐに焼けるし、後で作ろうと思っているお味噌汁も、冷凍ごはんの解凍もそんなに時間はかからないので、ちょっと小休止。

麦茶を飲みながらちょっと座ってようかな、と思ったところで。

「あ」

涼音からラインが来ました。

メッセージの内容は案の定、「今日は残業で遅くなること確定」というものだった。

「あー、やっぱりかぁ」

大変だなぁ。

分かっていたことだけれど。

涼音はどうか分からないけれど、あずさだったら分かっていた方が良かったかもしれない。

無いだろうと思っていて、残業が発生した、という方がしんどい。

それよりは最初から今日は残業、って思っていた方が覚悟も決まってる分だけ楽だと思えるかな、と。

切り身を取り出して、グリルに入れて焼きます。

それから、もう一つの鍋に水を張り、鰹節《かつおぶし》を二つまみほど、それから木綿《もめん》豆腐と乾燥わかめを入れて火にかけます。

沸騰したら火を止め、味噌を溶かしてみりんを適量入れて火にかけ、沸騰する直前でお味噌汁の完成。

その間に冷凍庫のごはんをレンチンしておきます。

煮物の様子見。

まあまあ悪くないかしら。

銀鮭は？

こちらもいい匂いがしてきます。

ぱちぱちと脂がいい感じです。

しばらくして、食卓にはあずさの夕食が並びました。

冷凍ごはん。

豆腐とわかめの味噌汁。

じゃがいもと玉ねぎ、油揚げの煮物。

焼き鮭。

朝ごはんみたいだけれど、自分のためだけのごはん、しかも晩酌もしないとなれば、適当になるのは致し方なし。

「いただきまーす」

まずは煮物をぱくり。

うん、味の加減もばっちり。しょっぱすぎず、甘すぎず。

じゃがいもも玉ねぎも適度に煮込まれてて、柔らかすぎず固すぎず。

銀鮭もよく焼けております。

おいしい。

ごはんが進む。

お味噌汁もかつお節の出汁《だし》が効いていていい具合です。

みりんがいい具合に味噌の風味を和《やわ》らげてくれて、まろやかな味わい。

ぱくぱくもぐもぐ。

スマホで適当な動画を流しながらごはんを食べていたら、いつの間にか完食していた。

「ふう、ごちそうさま」

時計を見る。

十九時過ぎ。

涼音が帰宅するまではまだまだ時間がかかりそうだ。

「うーん……」

何か慰労してあげようかな、とふと思い立ちました。

普段こんなことはしない。

涼音もあずさも社会人として独り立ちして久しい。

繁忙期や何かインシデントがあった時には、日々残業続き、なんてことがあることは分かっている。

そんな時にいちいち慰労なんてことはない。それが日常なのだから。

でも、今回の涼音は有村家でも久々の残業です。

ここ二、三か月は涼音もあずさもまるで残業はありませんでした。

だからこそ、たまにがんばった夫をねぎらってもいいんじゃないかと思ったのです。

そう思ったなら善は急げ。あずさは冷蔵庫を物色します。

そして……。

「これだね」

在庫を見て、作るものを決めました。

いいものが見つかった。

あずさはにんまりと笑ってしまうのでした。

◇

時刻は二十二時二十分。

涼音はようやっと最寄りの新小岩駅のホームに降り立った。

この時間は帰宅ラッシュも落ち着いてきたので、電車もさすがに空いていた。

いつもの時間はかなり混みあっているので、結構疲れるのだけれど。

こんな時間まで残業して、そのうえで電車まで混んでいたらさすがにしんどさが強すぎて耐えられなかったかもしれない。

嗚呼《ああ》、麗《うるわ》しの街、新小岩よ――

無事にどうにかやっつけたので、来週は問題なく通常業務に戻れる。

だからこそどこかで一杯、そんな言葉が不意に頭をよぎるくらいにはちょっとうきうき

……とはならなかった。

今日はかなり疲れた。

肉体的にではなく、精神的に。

今日の障害は結構神経を使う作業が多かったので。

後は歩けば家に着くので、だからこその開放感。

うきうきはしていないけれど、やり切ったという心地よい疲労感に包まれておるのです。

初夏の夜。まだまだ寝苦しい、とまではいかないけれど、結構生ぬるい空気が漂うようになってまいりました。

見上げた空は曇り。

星空は見られません。

明日明後日は雨なので、ちょっと憂鬱な週末です。

まあ、これがいつもの日本の梅雨、と言ってしまえばそれまでなのですが。

「終わってよかったなぁ」

ぽつりとつぶやく。

後ろを歩いている人、前を歩いている人には聞こえなかっただろう。

結構距離が離れているので。

さすがにこの時間になると、人通りは昼間ほどじゃない。

それでもそれなりに人がいるあたり、さすがは二十三区内を代表する下町のひとつ、といったところでしょうか。

とことこ歩いて、見えてきました我が家。

まだ電気がついているので、あずさは起きているようです。

「ただいまー」

「おかえり」

玄関を開けると、あずさが座っていました。

「ごはんは食べた？」

ワイシャツを脱ぎながら聞くと。

「もう食べたよ」

「そっか」

それでいい。

こういう時は先に食べてもらった方がお互い気兼ねないということで、どちらかが遅くなる時は晩ごはんは自分で好きにしていい、というのが有村家のルールであります。

いつものジャージに着替えます。

ロングパンツだけど、通気性もいいし薄手なのでまだ着られる。上は半袖です。

さすがにこの時期に長袖を着るほど、何かと戦ってはいない。

「ねえ涼音」

「んー？」

家に帰って来て一気にドッと疲れが出てしまった。

ぐたっとしそうになったところに。

「はい麦茶」

「ああ、ありがとう」

奥さんからの差し入れの麦茶。

カランと鳴る氷が涼しげだ。

実にありがたい。

ぐびっと一気に半分飲んでしまう。

「ふう……」

ようやく人心地ついた。

それをあずさも察したのでしょう。

「今日は不健康なことしちゃおうか？」

そんな提案をしてくるのでした。

「不健康なこと？」

「そ。私にお任せでいい？」

あずさがそんなことを言うなんて珍しいものです。

この時間からの晩酌も不健康なんだけど、さらに不健康なことをするというのだろうか。

そういうのも大歓迎です。

「任せちゃっていいの？」

「うん、ゆっくりしててねー」

◇

あずさは腕まくり……をする気分で台所に向かいます。

冷蔵庫から取り出したのは鶏の皮。

それからにんにく、にんにくの芽。

スキレットにほんのちょっと油を注いで全体になじませて。

この分厚い鉄製で小型のフライパン的なものは、雰囲気あるお皿代わりにもなるのです。

それから鶏の皮、にんにくは皮をむいたものをそのまま一つ。それからにんにくの芽を多くなり過ぎないように敷き詰めて火にかけます。

すぐに熱くなってきていい音がしてきました。

じゅうじゅうと美味しそうな音と、鶏皮とにんにくの美味しそうな匂いがしてきます。

実に身体に悪そう。

油はね防止の網を置いているのでマシになっているけれど、かなりはねている。

まだまだ。

じっくりと焼いていく。

「このくらいかな」

いったんここで火を止めて、耐熱ミットでスキレットを傾けて油を別容器に移す。

これはチー油。

正しくはにんにくチー油。

後で使うので今は置いておきます。

次の工程……その前に小鍋でお湯を規定量よりほんのちょっと少なめに注いで火にかけて沸かしておく。

もう一度火にかけてさらにチー油を出して器に移し終えたら、鶏皮もにんにくもにんにくの芽もいい具合に焼けていて。

これに「マキシマム」とか「黒瀬《くろせ》のスパイス」とかを振りかけるだけで充分美味しいでしょうが、まあ待ちましょう。

スキレットに戻ります。

ここに焼酎をかけてアルコールを飛ばし、コチュジャン、しょう油、オイスターソースで炒《いた》めながら味付け。

すんごい香ばしい。

もうすぐ二十三時になろうとしているのに、なんていけないことをしているんでしょう。

いや、いけないことだからこそ、より美味しそうに見える。

あると思います。

鶏の皮なんて脂質の塊といってもいいくらいのものなので、いくら油を抽出したからといってもねぇ、という感じで。

しかも今回、その油は別のことに使うので結果的に油はまったく減ったことになりません。

まあ、健康に悪いことをしながら楽しく美味しくお酒を飲んでしまいましょう、と持ち掛けたのはあずさ。

なのでもう、その辺のもろもろは割り切っております。

お湯も沸いたので、同時進行で鍋にサッポロ一番塩らーめんの麵を投入。

ちなみに、今日は素ラーメンです。

ここまで来たら後は時間勝負。

さっさと炒めてしまい、スキレットのままいただく鶏皮の焼酎焼きのでき上がり。

パリパリとした食感が伝わる焼き色のついた鶏皮が、コチュジャンの赤みを帯びて輝いている。

お鍋の麵をさっとほぐしてスープを溶かし、ちょっと固めに仕上げます。

そしたらそこに、付属のごまとにんにくチー油を入れてかき混ぜたら完成です。

これが健康に悪くなくて何なのか。

タンパク質とかもとれるけれど、炭水化物の爆弾と油の爆弾のダブルパンチ。

「うわ、これは悪いなぁ」

「でしょ。それからはい」

「しかも銀のヤツじゃん」

そう、涼音に渡したのはアサヒスーパードライ。

しかもあえてグラスを用意せずにそのまま。

身体に悪そうな肴と、あえての缶直《じか》飲み。

「すごいね今日は」

涼音もびっくりだ。

このチープ感が、場末《ばすえ》の居酒屋みたいだ。

「いいじゃない、今日がんばったからね」

涼音は今日は遅くまで仕事してがんばってきた。

夫をねぎらうなら、いつもとはちょっと違うものもまた、趣《おもむき》があっていいんじゃないかな、と思ったのです。

「じゃあ開けよう」

プルタブを上げると、プシ、といい音。

この音だけで肴が食べられるくらい。

口にちょっとあふれた泡がたまりません。

グラスに入れて黄金比を楽しむのもいいけれど、こうして缶のままいくのだって好きなのです。

「カンパイ」

「カンパイ」

缶を打ち合わせる。

いつものグラスの澄んだ音じゃなく、カチンという音がして、中のビールが揺れた感覚が手に届く。

酒飲みの業《ごう》が深いところで、こういう感触さえも酒の味わいの一つなのです。

ゴッ、ゴッ、ゴッ……。

喉《のど》が鳴ります。

切れ味鋭い喉ごしとこの苦み、スーパードライの名は伊達《だて》じゃない。

この喉ごしがたまらない。

「さぁて、出来はどうかな……？」

まずは鶏皮の焼酎焼きから。

油をだいぶ出したので、皮は結構パリッとしていていい食感です。

そしてごろっとしたにんにくもほくほくで最高。

そして広がるにんにくのコク。

最後ににんにくの芽。シャキッとした歯ごたえは残しながらも、鶏皮の脂が染みていてたまらない。

味付けのコチュジャンのほんのちょっとの辛みとしょう油の香ばしさ、そしてオイスターソースの濃厚な旨味がそれらすべてを絶妙に彩ってくれています。

最初に焼酎でコクを与えたことで、口の中に広がる味に深みを出してくれています。

本当にいい。これを作って正解でした。

これをビールで流し込んで。

「あー……幸せぇ」

あずさはうっとりと言葉をこぼします。

完全に無意識。

当然でしょう、こんな美味しいものを食べてしまったら。

「めっちゃうま！」

涼音も、あの疲れた顔がうそのように元気な顔をしてぱくついている。

うん、作って良かった。

二度同じことを思わせてくれたのは、夫が楽しくビールを楽しんでくれているからです。

これひとつだけでもいいのだけど。

「ラーメンはどうかなぁ？」

サッポロ一番塩らーめんを普通に作ってにんにくチー油を足しただけだけれど。

「ん⁉」

思っていた以上に美味しい。

サッポロ一番が美味しいのなんて、いまさら語るまでもないでしょう。

しかしこのいつもの味に、旨味たっぷりのにんにくチー油が食べ応え抜群にしてくれている。

最初にチー油を取ったのは、鶏皮の焼酎焼きがしつこくなりすぎて食べづらくならないようにだった。

しかしチー油を取りながら、「これ何かに使えるんじゃない？」と思いついて、ちょっとインスタントラーメンをメニューに追加してみたのです。

これが大正解。

「おそるべし私の勘！」

ここまでうまくいくなんて思っていなかった。

時間がなかったりした時に食べることが多いインスタントラーメンだけど。

これは間違いなくつまみにもなる。

一人で食べるのは、あまりにも脂が多いのでちょっとしんどい。

でも、ふたりで突っつきながら肴にするなら、この濃厚過ぎる油の風味もまたちょうどいい。

お酒を飲むなら味付けは濃いめの方が合うからです。

「チー油足しただけでここまで違うかぁ……」

涼音が感嘆している。

気持ちはよくわかる。

捨てようと思っていたものを再利用しただけで、こんなに変身を遂げるなんて。

身体にあまりにも悪い。

間違いない。

でもだからこそ。

身体に悪いからこそ、ジャンクなものは美味しいのです。

油と炭水化物まみれのものは美味しい。

そして美味しいものは、心が潤う。

残業で疲れた涼音の心が癒《いや》されればいいな。

この鶏皮の焼酎焼きとにんにくチー油塩ラーメンに託したのは、正解でした。

これもまた、夫のことをよく知っている妻なればこその技あり、だったのでしょう。

まあ夫婦そろって明日が恐ろしいことになるのは避けられないけれど、土日だから許されるというのもある。

明日は家の中で過ごして、明後日動いてもいいし。ブレスケアをしてもいいし。そもそも加熱したにんにくを食べたわけなので、にんにくのすりおろしを加熱せずに食べた時よりはだいぶましなはずなので。

そんな現実逃避も、今日くらいはまあいいかな、と思うあずさなのでした。

第五話 すみスポな一日

六月も終わり、七月に入ってまいりました。

暑さもだいぶ厳しくなってきた今日この頃、皆様はどうお過ごしでしょうか。

「あつぅ……」

野暮用《やぼよう》から帰ってきた涼音は、舌を出した犬のごとくぼやいた。

「おかえり。はい」

手洗いうがいの前に。

あずさが冷蔵庫から出したばかりのアクエリアスを渡してくれたので、思わず一気飲み。さすがに一本丸ごととはいかなかったけれど、半分以上を飲んでしまう。

「暑かったでしょう」

「いやまったく。きついよこれは」

窓の外から見える街並みは、熱によって揺らいで見えます。

そりゃあ暑いに決まっていますね、これは。

帰宅後のいつものルーティンを済ませます。

本日は太陽のご機嫌も麗しく。

いやちょっと。

ちょっとどころかかなり。

麗しすぎるのではなかろうかとちょっと要望をお伝えしたい所存。

今日もまたバリバリの猛暑日。

気温は三十三度。

梅雨真っただ中だというのに日差しが強く、まるで夏本番が来たかと錯覚してしまいそうです。

実際は夏本番というにはまだまだ手加減継続中のはず。

太陽からしてみたらまだまだ助走中といったところか。

そう、まだ猛暑なのです。

肌が痛い、と感じるほどの暑さではないわけで。

これから八月になったら酷暑日が顔を出すでしょう。

それも何度も。

本番前からこれでは先が思いやられるのですが、それでも暑いものは暑いので。

「ふう～、涼しい……」

さすがにここまできたら、クーラーをつけないわけにも参りません。

このくらい我慢我慢、なんてやっていたら体調不良で倒れてしまう、そんな危険度をはらんでいるような暑さ。

毎年夏になると、熱中症で倒れた、というニュースが流れるけれど、そういうのの当事者にならないためにも。

そして何より、シンプルに涼しい部屋にいたいから。

こうして冷房をつけることにためらう理由はございません。

電気代はかかるものの、夏場は必要経費です。

これで快適に過ごせます。

「急に暑くなったわねぇ」

まったくだ。

「そろそろ梅雨明けかなあ？」

大体七月中旬が平年の梅雨明けでしょうか。

しかしその年によっては月末までなだれ込むこともあったり。

あるいは六月中に明けたりすることもあったりしたと記憶しています。

六月中に明けたのはかなりのレアケースだったはずだけれども、ともかくそういう前例があった以上、七月の頭に明けていても別にありえないことではありません。

「天気予報では梅雨明け、とは言ってなかったけどね」

「今日だけかもしれないからかな」

一日だけの夏日だったと考えると、気象庁が梅雨明けを宣言できないのも納得です。

「明日の天気も晴れだったけど、明後日からまたしばらく雨だったものね」

天気予報士の人はつかの間の気持ちいい晴れで洗濯物日和《びより》です、とは言っていた。

そして明後日からは数日間はまた梅雨らしく雨が続くので、明けの宣言はまだ時期尚早という判断なのでしょう。

「ちょっと涼みたいなあ」

半分ほど減った麦茶。

氷をからからと眺めながら涼音がぽつりとぼやく。

すでにアクエリアスは全部飲み干してしまい、代わりに持ってきたやつです。

「じゃあ、プールでも行ってみる？」

「プール？」

「うん、すみスポとかいいんじゃない？　近場だし」

「なるほど?」

いいかもしれない。

とても夏っぽくて。

暑さと空を見上げるとめちゃくちゃ夏だけれど、厳密にはまだ夏じゃない。

まあ、細かいことは言いっこなしです。

今日は暑くてプール日和であることには変わりないのです。

「水着あったかな?」

「捨ててないはずだけど」

最後に泳いだのっていつだろうか?

結婚してから一度海に行ったけれど、それ以来だろうか。

去年は一度も使っていない。

水着はどこかにしまってそのまま放置しているはず。

ふたりで押入れをガサゴソガサゴソ。

「あった」

「やっぱり捨てたわけじゃなかったね」

涼音のは普通のハーフパンツ。

あずさのはワンピースタイプの水着。

生地などの様子をざっくりと見た感じ、このまま着られそうである。

「じゃあ行こうか？」

「うん。でも……」

あずさはちらりと時計を見る。

つられて涼音もそちらを見ると。

「うん、お昼を食べてからだね」

もう正午を回っております。

別に外で食べてもいいのだけれど。

わざわざ散財する必要もなし、家で食べてから出かけるのが良いでしょう。

そうと決まればごはんごはん。

今日は何があったかな。

戸棚を物色して、見つけたのは冷や麦。

ちょうど暑いのだし、これでつるっとさっぱり涼しく参りましょう。

「あ、私がやるわ」

「そう？」

「うん。晩ごはんは涼音だから」

「ああ、そうだった」

ごはんの準備は基本交互に。状況に応じて高度の柔軟性を持ちつつ臨機応変に。それが有村家の基本ルールです。

あずさがやってくれるというなら、涼音はプールに行く準備をするとしようか。

バスタオルを二枚。

下着は自分のだけ入れます……あずさの分は自分で決めてもらうとして。

濡れたものや着替えを入れるビニール袋。

着ていくものは道中汗で濡れているだろうから、新しいシャツを。

こちらもプール後に新しいのを着るのか、今着ているのをまた着るのかはあずさに任せましょう。

それから予備でタオルを二枚。

いまいち荷物が洗練されていないけれど、プールなんてめったに行かないので致し方なし。

健康のためとかで普段からプールに行っているのならまた違ったのかもしれないけれど、久々なので仕方ないでしょう。

とりあえずある程度必要そうなのは揃えたのでリビングに戻ると、あずさがお湯を沸《わ》かしている間に色々と用意をしておりました。

生姜をすりおろして小皿へ。

続いて青ネギ。

それからみょうが。

白ごま。

冷や麦に限らず、そうめんなどの夏定番の冷麺系に共通したいつものトッピング。

冷や麦を袋に書かれている時間通り茹でたらざるにあげて冷水でシメて。

ボウルにぶち込みました。

おや？

めんつゆではないらしい。

白だしとごま油を入れて和《あ》えて。

それぞれお皿に盛ったら上に氷を二〜三個置いて、最後に麺の真ん中をくぼませて生卵をパカッ。

どうやらそれで完成らしく、こちらに持ってきました。

「これはなにを参考にしたの？」

「ううん、思い付き。多分美味しいと思うんだけどね」

まあ、まずいわけがないでしょう。

白だしにごま油。これが結構合うのです。

「釜玉《かまたま》ぶっかけうどんみたい」

「実際、イメージしたのはそれだからね」

トッピングがテーブルに並んで、麦茶の氷がカランと音を立てたら完成です。

この香ばしさ。

ごま油はやはり偉大だなぁ、と思うわけでありますが。

さぁてまずは食べましょう。

「いただきます」

「いただきます」

ふたりの唱和が、冷房の効いた部屋に響きます。

まずは、黄身を割らずに麺をちょっとだけ。

「あー、うまい」

白だしの優しい甘みと塩味を、ごま油の香ばしさが引き立てる。

たまらない。これは何度でも食べたくなる。

優秀なのは、さっきも言った通り冷や麦だけじゃなく、ざるうどんやざるそば、そうめんなどにも使えるレシピです。

それに。

「アレンジも無限大だなぁ、これ」

「だよねぇ。豚こまとカイワレ大根とか」

「白だしを鶏ガラにしてもいいし」

「トマトとコンソメとか」

もう本当にいくらでも案は出てくる。

どうとでもなるのです。

「今年の夏はそうめんとかがはかどるかも？」

「あー……ありがたいことだね」

毎年夏になると、そろそろ実家から送られてくるのです。

いつものじゃがいもや玉ねぎと一緒に、そうめんや冷や麦なんかが。

じゃがいもや玉ねぎは、実家が農家なのでいいとして。

そうめんや冷や麦などは、夏場にはお中元や近所づきあいなどでいっぱい頂いたものをおすそ分けしてもらっているのです。

ぶっちゃけめちゃめちゃありがたく、もらいものに文句を一切言うつもりはないのですが、ずっとそればかり食べることにもなるので、こうしてアレンジ無限大だと飽きずに食べることができるでしょう。

さて、続いては黄身を割ってちょっとかき混ぜて食べてみましょう。

この味だったのでうまいに決まっているのだけれど……。

まろやかさとコクが追加されて、たまらない味になりました。

「うまい！」

これはいいもの。

間違いない。

あずさのファインプレーだ。

「うんうん、美味しい！」

作った本人も満足げで何より。料理の味がいい感じにまとまると嬉しいものです。作るからこそ分かります。今回は思い付きの味付けだったというので、なおさらのことでしょうね。

あずさが満足でご機嫌。

涼音も美味しいお昼でご機嫌。

楽しく美味しくいただけたお昼ごはんなのでした。

◇
「ああ、荷物やってくれたんだ」

「着るものは自分で選んでもらっていい？」

「分かった」

夫婦同士ゆえにすでにお互い隠すものなんてないのであるが、しかしそれはそれとして、他人の下着を洗濯以外で触るのはデリカシー的にどうなのか、と思うところであります。

洗濯でもそう思わなくもないのだけれど、そこはもうお互い今更になってしまっているところがあるので。

あずさが荷物を整理しているうちに、涼音はカーシェアを探してみます。

別に電車とバスでもいいのだけれど、車の方が早いので。

果たして、近所で使えるカーシェアはありませんでした。

歩いて二十分くらいのところに一台空いているけれど、さすがにちょっと遠すぎる。

その二十分で駅まで歩いた方がいい。

ここはやはり公共交通機関にしようかね。

カーシェア代、加えて駐車場代が節約できるのでこれはこれで良き。

車で行ければ、プールで疲れた帰りも楽ができるかな、と思ったから探してみたんだけれど、やっぱり当日は厳しかった。

節約と疲労感のどっちかを天秤《てんびん》にかけて、まあこのくらいならいいかな、と。

お金で色々なものを買うか、それらを我慢してお金を得るか。

どちらでもよかったので、借りられなければ借りないでそれでいい。

「準備終わったよー」

あずさがカバンを持ってこちらにやってきた。

「じゃあ行こうか」

「ええ」

カバンを受け取り、いざ家の外へ。

「……あっつ」

さすがにもう暑さもピークに近づいていく時間帯。

外は激烈な暑さだった。

「早くアーケードまで行こう」

「そうね」

　できるだけ日差しの下を歩かないように……と思っていても、なかなかうまくはいか

ず。

　ある程度日差しにあぶられながら、ようやく屋根付きアーケードまで。

　ここも暑いけれど、直射日光は遮《さえぎ》られているのでだいぶマシです。

　人の流れも結構なもの。

　さすがは週末の商店街といったところでしょうか。

　ここには様々な飲食店もあるので一人暮らしでもごはんには困らない。

　自炊派も、青果店や魚屋さん、コンビニにスーパーもあるので買い物にも困らない。

　このアーケード街だけで日常の買い物はほとんど解決するまであります。

　もちろん有村家もここにはお世話になっている。

　買いに行く先はここだけじゃないけれど、ここも結構な頻度で利用する場所です。

　今日はここはスルー。

　ちなみに帰りもスルー予定。

　もう買い物は済ませているからです。

ついでに言えば、晩酌《ばんしゃく》で何を作るかはすでにある程度思いついていて、それは家にあるものだけで作れるから。

つかの間のオアシスがわりのアーケードを抜けて、ロータリーを渡り、数分と待たずにタイミングよくホームに入り込んできた黄色の電車に乗り込みます。

そのまま一駅だけ進んで。

平井《ひらい》駅で降りてバスに乗り込み、一路すみスポへ。

ちょっとだけしか外にいなかったのに、やはり汗はかいてしまう。

電車の中もバスの中も冷房が効いていて助かります。

バスに揺られること十分強。

バス停から三分くらいで、すみスポに到着しました。

すみスポ。すみだスポーツ健康センター。

プールとトレーニングルームがあり、スポーツ教室では、水泳やパーソナルレッスン、ヨガやピラティスも習えるという施設だ。

利用料は二時間で四四〇〇円。

一日券は七七〇円だけれど、さすがにそんなに長居するつもりはないのでひとまず二時間で。もう少しいたいと思ったら延長すればいいでしょう。

「じゃあ後でね」

「おー」

あずさと別れ、更衣室へ。

涼音もささっと着替えてしまう。

まあ男なんて、全部脱ぎ払ってハーフパンツの水着を穿いたら終わりだ。

一応運動しているのと、食べ過ぎないようにしているからかまだギリギリ腹は出ていない。

でもまあ、若いころの細さはちょっと影を潜めていて、だらしないとの境界線上にいる気がする。

もしかしたら、他人から見たらまったく気にする必要はないのかもしれない。

主観と客観。

しかしまあ、人にどう言われるかよりも、自分が見て自分をどう思うかの方がやはり優先されてしまいます。

とりあえずロッカーのカギを腕に巻いて、外に出ます。

プール施設の内装は、全体的に南国をイメージしたもの。プールサイドは砂浜モチーフが描かれている。

子供用プールや流れるプール、二十五メートルプールにウォータースライダーまである。

女子更衣室の出口からは少し離れたところにベンチがあったのでそこで待っていると。

「お待たせ」

あずさがやってきました。

相変わらず細身だ。

スラッとしていていい女。

自分の嫁にはもったいないなと思いつつも、なかなか選んでもらえたことはありがたく自分の自信になると同時に、ちょっとした見栄を誰かに張ってみたいなという思いが首をもたげかける今日この頃ですが、涼音的には独占禁止法に引っかかってでも自分のものとしておきたいのでとりあえず心の奥にしまっておくとして。

「似合ってるよ」

今年買ったものじゃない水着だけれど、スタイルを努力で維持しているあずさの落ち着いた雰囲気によく合っていたのだから、それは言葉で伝えるべきでしょう。

言わずに伝わるなんて、そんな都合のいいことはないのです。

「そう？　ありがと」

「じゃあ、遊ぼうか」

「ええ」

ふたりで軽く準備運動。

周りでもやっている人はちらほらいる。やはり大事なことです。

思い思いに身体をほぐしていて、それに涼音もあずさも倣って適当に思い出した順に準備運動をしていきます。

水泳スクールのようにがっつりと泳ぐわけじゃないのですが、そこはそれ。

水は舐めると恐ろしいので、簡単でもやっておくに越したことはない。

まずは流れるプールの人が少ないところに入って、身を任せることに。

「あー、つめた」

「気持ちいいなぁ」

温水プールなので必要以上に身体が冷えることはないけれど、それでも水の中ということで外にいるよりもだいぶ涼がとれる。

何百メートルも泳げるわけじゃないし、別段速く泳げるわけでもないけれど、涼音もあずさも二十五メートルくらいは泳げるので、プールに入っても特に慌てることはなく水に任せます。

というか、そもそも足がつくし。

「うーん、プール来て正解」

「そうだねぇ」

窓から差し込む暑い日差しも、水の中でならそこまで暑く感じない。

周囲はわいわいがやがや。

うるさいというほどじゃないけれど、適度ににぎわっております。

でもこれくらいでちょうどいいでしょう。

静かということは人がいない。

ということは経営が厳しい感じなので。

つまり、潰れるまでカウントダウン中ということになってしまう。

別に何度も来たわけじゃないし、なんなら新小岩に住みはじめてから初めて来たのだけれど。

今回いい感じなら今後も来るかもしれないので、潰れてしまうとそれはそれでさみしい。

しばらく流水プールに身を任せてから。

「ちょっと泳げるか試してこようかな」

中心に位置する二十五メートルプールは、しっかりと泳ぎたかったり、水中ウォーキングしたい人が使用する場所だ。

「私はもう少しここにいる」

「了解」

何かあればまたここに来ればいいので楽だ。

逆にあずさの方から真ん中に来るかもしれない。

まあはぐれたら涼音が動かないのがいいだろう。流水プールの真ん中に二十五メートルプールがあるわけなので。

そもそも泳げるかどうかを試すだけなので、涼音の方はすぐに終わると思っている。

二十五メートル泳げたらそれで終わりだし。

流れるプールから上がって二十五メートルプールへ。

ちょうどレーンがひとつ空いていたので、そちらで試してみましょう。

まずは浮いてみる。

浮き方は覚えていた。

じゃあ今度は泳いでみましょう。

壁を蹴ってクロールで泳いでみる。

遅い。

バシャバシャと水しぶきは立っている感じがするけれど、思ったように進んでいる感覚はない。

久々だから仕方ないでしょう。

とはいえ、二十五メートルの対岸の壁に無事タッチすることができた。

「ふう、なんとか泳げたか……」

思った以上に疲れた。

水泳はかなり運動負荷が高いのもあって、二十五メートルなのに疲労感もひとしおだ。

プールから上がってあずさの元へ。

彼女は変わらず流れるプールに身を預けていた。

「あずさ」

「もういいの?」

「うん、二十五メートル泳げたからね」

「そっか。じゃあちょっと休憩しようか」

ジュースを買って二階のプールサイドベンチへ。

温水とはいえ長い時間浸《つ》かっていると身体が冷えてしまうので、適度に休むのがいいでしょう。

「ちょっとタオル取ってくるよ」

「うん」

涼音がロッカーからタオルを取ってきます。

身体が冷えすぎないように適度に拭いておかないとね。

「はい」

「ありがと」

取ってきたタオルをあずさに渡し、ベンチに腰掛けます。

寝転がることもできるけど、それをしてしまうとここに根が張ってしまいそうなので、座るだけで。

「ふう……」

水の中での運動は、全身濡れているから気付きにくいけれど、水分が結構失われているそうです。

だから水分補給は結構大事。

ペットボトルの水を飲みながらひとやすみひとやすみ。

プチバカンス？

そうとも言えるかもしれない。

一足早く真夏気分を味わって。

「まだまだ時間はあるね」

すみスポに来てプールに入ってからまだ三十分。

一足早い納涼《のうりょう》は、まだまだ始まったばかりなのでした。

◇

二時間たっぷり遊んで。

十六時半ごろ、有村家のおふたりはご帰宅と相成りました。

「ふー、疲れたー」

めいっぱい、というわけではありませんが、プールで十分に涼をとり運動までこなしてきた涼音とあずさ。

帰宅後のいつものルーティンを済ませて、プールで使ったもろもろを洗濯機に放り込んでスタートボタンを押します。

水着は乾燥できないので洗濯だけ。今はまだ日が出ているので干せば乾いてしまいそう。

洗濯機がゴトゴト動きはじめたのを確認し、リビングに戻ったあずさは椅子に座ってぐてっととろけました。

幼いころに遊んだスライムの玩具《がんぐ》のようだ。

あるいはこぼしてしまったカレーかな？

水の中というのはかなり体力を消耗するので、くたくたなのでしょう。

涼音も疲れているけれど、どうやらあずさはそれ以上みたい。

涼音が元気な理由は至極簡単。この後作る料理で飲むお酒が美味しいって分かっているからだと自己分析。

これで飲むいつもの金麦は最高だろうなぁ、と思っているからこそ、今から舌なめずりが抑えきれないような心持ちでウキウキわくわくハイ状態。

それが一時的に疲れをうっちゃってしまっているだけなのだろう。

心地いい疲労感のなか飲むお酒は実に美味しいでしょうねぇ。

夕ごはんは十七時半から十八時半の間くらいに、というのが有村家のいつもの週末。

つまり、今から準備をはじめれば、十七時半くらいには食べはじめる感じになるでしょう。

「もう作りはじめちゃうけどいい？」

「うん、任せるー」

くったくたに煮込まれた玉ねぎのごとくトロトロのあずさが、ひらひらと手を振ります。

無意識の返事に見えますが、あずさは、疲れていても「何を言ったか覚えていない」というような女性ではないので、これは了承ととってＯＫ。

お酒をガバガバと常人が沈没するくらい飲んでも、呑《の》まれることがないくらいざるなので。

アルコールでもそうなのだから、疲れたくらいでは自分を見失うことがないのは自明、ということ。

ならば、もう作りはじめてしまいましょうか。

フライパンを二枚取り出してコンロにセット。

今回作るのは二品。

冷蔵庫からはひき肉とお豆腐、長ネギ、豚こま、キャベツ、にんにくを用意。

それからいつもの段ボールから玉ねぎを。

塩麻婆豆腐《マーボー》とキャベツのしょう油味噌炒めを作るのです。

まずは長ネギ半分とにんにく二片をみじん切りに。

長ネギは斜めに薄く切れ目を入れ、それをひっくり返してもう一度。それから縦に細かく切っていくと、簡単にみじん切りになります。

後は大きい破片を包丁の先を支点にトトトトト、と叩けばでき上がり。

にんにくのみじん切りは小さいので簡単。

切り終わったのを別の小皿に移しておく。

なお、にんにくは二品両方ともに使うので、小皿に一片ずつ分けておきます。

続いてキャベツ。今回は四分の一ほど使うのでザクザクと切り分け、残った方はラッピングして冷蔵庫にご帰還いただきましょう。

これで包丁を使うのはおしまい。

続いて先に調味料を混ぜてしまいましょう。

このあたりで、あずさが立ち上がってフラッと洗面所に消えていきました。

洗濯機が止まった音が聞こえたので、水着を干すのでしょう。

それはあずさに任せてしまって、お料理の続き続き。

おしょう油、みりん、料理酒、出汁味噌を混ぜ混ぜ。ここに刻みにんにくも投入しておきます。

完全に混ざったらＯＫ。後で使う時にはダマになっていないことを確認するためにも、もう一度かき混ぜるのを忘れないようにしないとね。

さて、下準備はこれでほぼ終わりなので、炒めの段に移行しよう。

片方のフライパンでまずはひき肉を焦げ目がつきはじめるまで炒める。今回も使いたるはマヨネーズ。塩麻婆豆腐ならぬ塩マヨボー豆腐です。

そしたらにんにくを入れて続いて炒めて。

にんにくの色が変わってきたら、水、鶏ガラスープの素、豆腐を入れ、塩とコショウで下味をつけてから沸騰するまで放置。

豆腐はスプーンで直接すくって不揃いのまま投入。切ってもいいのだけれど、どうせかき混ぜる段階で豆腐は崩れてしまうのでこれでもいいと思っている。

なお今回は絹豆腐。木綿だと形が崩れにくくなって豆腐が楽しめて、絹豆腐だと崩れるけれど混ざってそれはそれでいい感じになります。

この間に、もう片方のフライパンでは豚こまを炒めております。

こちらもちょっと焼き色がつくまで炒めたところでキャベツを投入。

キャベツ全体がてかってくれば、キャベツが甘くなってきた証拠なのでそこまで焦げが多くならないようにしながら炒めていく。

このあたりで麻婆の火を止めて水溶き片栗粉《かたくりこ》を回し入れ、塩コショウでメインの辛みを追加。豆板醬《トウバンジャン》も隠し味的に少々。そしてごま油を回し入れたら長ネギを入れて、かき混ぜながら弱火でとろみがついて煮立つまで。

そしてこの段階で先ほど作ったしょう油味噌のたれをもう一方のフライパンに流し入れ、キャベツと豚こま全体になじませていきます。

先にできたキャベツのしょう油味噌炒めをお皿に盛って、ブラックペッパーをばばーっとたっぷりかけたら完成です。

続いていい感じに煮立ってきた塩麻婆豆腐も火を止めてお皿によそって、仕上げに花《か》椒《しょう》を潰しながらパラパラと散らしたらこちらも完成でございます。

「よしよし、いい感じだ」

今日のお肴の完成でございます。

これに金麦を用意してテーブルに持っていくと、さすがにこのいい匂いにつられたのか、しゃっきりとしたあずさが待っておりました。

「おっ、ちょっと復活？」

「うん、有村あずさ、お酒のために復活！」

こんなジョークが言えるなら、これからの晩酌も楽しんでくれるに違いない。
「こんだけいい匂いがしてたら、さすがにね」
間違いない。
食欲を刺激するかおりを十二分に撒き散らした自覚はあります。
キャベツのしょう油味噌炒め。
見た目として一番近いのは、ホイコーローだろうか。
それから塩マヨボー豆腐。
マヨネーズのおかげで白みがかった麻婆豆腐は、香辛料の香りが食欲を刺激する。
取り皿四枚に箸とレンゲとスプーン。
金麦とキンキンに冷やしておいたグラス。
プールで疲れた身体に、アルコールと少し味濃いめの肴。
これで喜ばない者がいるだろうか。いやいない。
有村家内でしか通じない可能性があるけれど、まああそれはいいといたしましょう。
これを前にゴチャゴチャと考えるのは無粋《ぶすい》というもの。
そして今日もまた、金麦の最高の一杯を追い求めて探求の徒となるのです。
コッコッコッコ、といい音を響かせる。

黄金の宝と白い泡の宝。

このふたつのバランスがとっても大事。

これまでも満足いく一杯は幾度となく注いできたけれど、今日こそはそれらを上回るのだ。

そうして人生でもっとも集中していると言っていい時間。

やがて涼音の黄金の一杯が完成しました。

ふと見ると、あずさもビールを注ぎ終わっているではありませんか。

「プールお疲れ」

「明日からまたがんばろうね」

カン、とグラスを打ち合わせて。

グビッ。グビッ。グビッ。

「ふはあ……」

うまい。

ビール味のお酒。ビールっぽいものであってビールではない。

その分安価ではあるが、ビールのような味は望めない。

飲んだ時の満足感は確かにビールの方がすごいのだけれど。

じゃあ値段を考慮に入れたらどうだろう？

ビールを飲んだ時の満足度指数と、第三のビールを飲んだ時の満足度指数には差はあれど、そこまで大きな格差は生まれないのです。

コスパまで考えた時のビール風のお酒の優秀さが分かろうというもの。

この値段でこれだけ美味しいお酒を飲めるのは幸せなことです。

さてさて。

この美味しいお酒は単体で飲んでも、もちろん十二分に美味しいのですがね？

これを肴と併せると、お酒と肴の相乗効果で美味しさが二倍にも三倍にもなるのです。

まずはキャベツのしょう油味噌炒め。

小皿によそってぱくり。

よく火が通っていて甘いキャベツ。端がちょっと焦げていたりするのもあって、香ばしさをも感じます。

加えて食感と食べ応えを追加してくれるひき肉の旨味。

それらを彩る甘辛だれ。

香りがそこまで強くないから薄味かな？　と思ったら、味噌としょう油ににんにくのパンチがあって、しかしみりんを加えているからか塩っ辛いわけじゃなくて。

いい具合のバランスです。

うまし。

これにお酒をぐびり。

「くぅ～……」

思わずそんな声が漏れてしまいます。

お酒にも抜群《ばつぐん》だし、炊き立てごはんをよそったお茶碗の上にこれをぶっかけてどんぶりにしてかっ込んでもいいでしょう。

つまみとしてもおかずとしても抜群のでき上がりです。

だけど、強いて言うなら……。

「これ、にんにくはすりおろしても良かったかもなぁ」

たれにみじん切りにしたものを入れて炒めて、狙い通りにパンチは出ました。

でもすりおろしてたれに混ぜ込んでいたら、もっとガツンとしたパンチになったんじゃないかな、と思うのです。

次作る時があったら、すりおろしてみましょう、と思うのでした。

そうなったら、にんにくをすりおろすのは面倒なのでチューブでやる気がしますが。

さぁて、塩マヨボー豆腐はいかがでしょう？

大皿からレンゲで小皿に移し、スプーンですくって食べてみる。

花椒を加えたとはいえ、豆板醬や甜麵醬が織りなすピリリとした辛さがない分、普通の麻婆豆腐よりも物足りないかもしれない、と思ったけれど。

こちらはその分アッサリ気味、それでいて塩コショウのシンプルな味付けがこれでもかと楽しめるでき栄えになっておるのでした。

鶏ガラの旨味が効いており、豆板醬がほんの少しの辛みをアクセントに、加えてごま油の風味まであって。

まずいはずがないのです。

「うっま」

もう一度お酒をぐびり。

どちらもグンバツに、いえ抜群にお酒に合う料理ができました。

あずさも満足そうに料理をぱくついてお酒をぐびぐびやっています。

あの顔を見られただけで涼音は満足だ。

もちろん自分が楽しむためなのだけれど、それと同じくらい、愛する妻と楽しくお酒を飲みかわすためでもあるのです。

「これすごく香りがいいね」

あずさが塩マヨボー豆腐を指して言う。

「花椒とごま油の香りがとっても好き」

どうやら彼女に刺さったのは塩マヨボー豆腐の方だ。

「これはマヨボー豆腐の塩バージョンだよ」

「マヨボー？　ああ、去年やってくれたやつ？」

「そうそう」

「へえ、味付け変えてもいけるのね」

確かめるようにもう一度マヨボー豆腐を口に運ぶあずさ。

「……うん、やっぱりマヨネーズの感じはないね」

種明かしをされて改めて食べてみても、思った以上にマヨネーズの味がなくてちゃんとした塩麻婆豆腐だったのです。

「結構いい出来だよ」

「そうだね、美味しいよ」

「良かった」

美味しいと言ってもらうために作ったのです。

だから、そう言ってもらえたなら何より。

今日もお酒と肴が美味しくて、あずさに喜んでもらえた。

十分満足です。

それでこそ、がんばった甲斐《かい》がありました。

◇

すっかり食べ終えて飲み終えて。

カチャカチャと洗い物をしていた涼音。

食事は食べて終わりではありません。

片付けるまでが自炊、お料理でございます。

ふと振り返ると、テーブルでうとうととしているあずさの姿が目に入った。

無理もない。プールで心地よい疲労感に加えてお腹いっぱい、アルコールまで入っているのだ。

この程度のお酒で酔っぱらって寝ることはないあずさだけれど、身体が疲れていたら話は別。

まずは洗い物を終えてしまおう。

お皿を洗って箸やレンゲを洗って。

使ったまな板と包丁。そして大物のフライパンと菜箸、それからお玉。

面倒だけれど、ここをサボってはいけない。

これが平日ならいいけれど、週末は片づけておくのです。

週末の分まで持ち越すと、ただでさえ平日の負債を抱え込むことが日常になっているキッチンが、よりひどい状態でスタートを切ることになる。

お世話になっているキッチン殿だ。せめてスタートくらいは身ぎれいな状態でいたいに違いない。

「あっと、これも忘れずに」

冬場ならちょっとくらいおさぼりしても平気な生ごみも、この夏場は毎日片づけておかないとすーぐ虫がわく。

排水溝のネットを外してポリ袋に放り込み、口をきつく縛ってゴミ箱へ。

それからネットを張り替えます。

すべてやり終えて手を洗い終わったところで振り返ると、あずさはまだ寝ていました。

「ふむ……」

涼音は寝室に行き、彼女の布団を用意します。

それから彼女を揺り起こす。

「あずさ」

「んーぅ……」

「ここじゃなくて布団で寝な」

「うーん……」

珍しい、ここまでくったくたになるところなんてめったに見ない。

彼女に肩を貸して寝室に連れて行き、布団に寝かせました。

この時期なのでもう毛布じゃなくてタオルケット。

それをかけると、少しだけ身じろぎして気持ちよさそうに寝はじめました。

「おやすみ」

小さな寝息を聞きながら扉を閉める。

明るいリビングに涼音ひとり。

時間を見るとまだ二十時にもなっていない。無駄な夜更かしはしない涼音とあずさだけれど、さすがにこの時間から寝てしまうことはあんまりない。

でも、たまにはいいかもしれない。

それくらい充実した、一日であったということだから。

そんな一日を、最後にいつもと変わらずに美味しいお酒と美味しい肴で締めくくれたのは、やはりいいことだったのでしょう。

第六話
今年のお中《ちゅう》元《げん》を

『ちゃんと食べてるの？』

「食べてるよ」

電話口からは、涼音の母親からの声。

時がたつのは早いもので、そろそろ気象予報士が「いつ梅雨明けするか」を話題に出しはじめた昨今《さっこん》、七月も中旬になってしまいました。

『そう？　それならいいんだけど』

ほおに手を当てている母親の姿が目に浮かぶ。

昔と違い今は料理ができることを、実家に帰った時には手料理をふるまうことで披露《ひろう》しているのだけれども。

結婚してまで独り立ちできていないと思われていることを嘆《なげ》くべきか。

心配してもらえているのをありがたいと思うべきか。

……やっぱり、親からすると子どもはいつまでも子ども、大人になろうと心配は絶えない、ということなのでしょう。

「昨日も料理を作って食べたから」

昨日は焼き魚、肉じゃが、きゅうりのキューちゃんにごはんとお味噌汁という和食でした。

もちろん、残った肉じゃがとキューちゃんを肴に、あずさとふたりでお晩酌かけつけ一杯とシケ込んだわけでありますが。

まあ、そこは言わなくてもいいでしょう。

『ならよかったわ。そうそう、お盆は帰ってくるの？』

「帰るつもりだけど、仕事次第かなぁ」

重大なインシデントが重なると、最悪の場合は夏休みを取得予定だろうと容赦《ようしゃ》のないリスケはありえる。

基本的に休みは予定通りにとれるし、休日出勤もできるだけ社員にはさせないのが会社の方針だけれど、そこはそれ。早急に修正作業をしなければいけないようなら、それこそ休みとか言っていられません。

もちろんその分の割増賃金はきちんと支払われるし、代休も取れるものの、だからといって休日出勤に嬉々として出るかと言えば否だ。

そんな時は間違いなく修羅場《しゅらば》なので。

『なら、日にちが決まったら連絡ちょうだい』

「分かったよ」

『あ、そうそう』

そろそろ切ろうかな、と思ったタイミングだけれど、母親はまだ言葉をつづけた。

『またじゃがいもと玉ねぎを送ったから、食べてちょうだいね』

「またか？　無理して送らなくてもいいんだぞ？」

『いいのよう。お父さんとふたりだけじゃ食べきれないんだから』

涼音の実家は農家である。

主《おも》にじゃがいもと玉ねぎの一次産業従事者。

出荷用以外に自分たちで食べる分も売り物にならないものなどから中心に確保しているのだが、そこからこちらにも送ってくれるのです。

それ以外にもにんじんや大根なども作っているけれど、さすがにそれ以上は食べきれないし置き場所もないし、そもそも多過ぎということで、じゃがいもと玉ねぎだけで妥協してもらっているくらい。

つまり、最初はじゃがいもと玉ねぎ以外も送ってくれていたし、今でもほしいと言えばじゃがいもと玉ねぎに追加されるでしょう。

『お中元《ちゅうげん》だと思って受け取りなさい』

「……ありがたくもらうとするよ」

　年に大体四回送ってくれるので、お中元だけじゃなくて暑中見舞い、お歳暮、お年賀ともらっているようなもの。

　通年じゃがいもと玉ねぎを買う量は少なくて済んでいるので、家計にはかなり助かっております。

　まあ、常温でもいいとはいえ、保存にはちょっと気を遣う必要があったりするのでそれなりに大変なのもありますが。

『じゃ、暑くなってきたから身体に気を付けるのよ』

「母さんもな。父さんによろしく」

『じゃあ連絡待ってるからね』

　電話が切れました。

「お義母《かあ》さんはなんて?」

「ああ。お盆は帰ってくるのか、ってさ」

　電話が切れたところで、寝室からあずさが出てきた。

けです。

奥さんは別に寝ていたわけじゃなくて、ちょっとばかりドレッサーの整頓をしていただ

「今年は帰れるかな」

去年はふたりそれぞれ個々に諸事情があり、もろもろを鑑《かんが》みつつ検討と調整を重ねた結果、お盆は飛ばすという結果に相成り、お正月にそれぞれの実家に顔を出したのでした。

もはや自分たちの生活があるため、なかなか思い通りに帰るのも難しくなってきているのです。

お互いに両親が高齢になってきたので、できれば年に二回くらいは顔を見せに行きたいところですが、人生うまくはいかないということ。

世の中ままならない。

「できれば帰りたいところだね」

去年の夏はスキップしただけに。今年こそは。

それはとりもなおさず、きちんと休みが取れた、ということでもあります。

幸いにしてあずさの実家は関東なのでそこまで苦労はありません。

しかし涼音の実家は北海道なので、ちょっとした旅行になります。

馬鹿正直にお盆に夏休みを取ると帰省ラッシュにぶつかるので、ちょっとそこからはず

らして、できる限り混んでいない時期にしたいものです。

その辺、涼音もあずさも夏休みは自分で取得する日をフレキシブルに決められるので、調整はしやすくなります。

「そうだなぁ。今年こそはね。あ、それから」

「何？」

「またじゃがいもと玉ねぎを送ったんだと」

「また？」

また？　は間違っても「うんざり」ではございません。

申し訳ない、という意味です。

大いに助けられているのにうんざりなんてありえない。

自炊派の有村家ではなおのこと。

でもだからこそ、年に四回も受け取っては、いささか申し訳ないという気持ちが先に立つのも致し方ないことでしょう。

「本当に余ってるからなぁ」

涼音の両親は現役の農家で、まだまだ引退には早いと精力的に働いております。

有限会社のファームを営《いとな》んでいて、広大な農地を運営しているのです。

「そうよねぇ。すごく広いものね」

我が実家ながらすさまじいものだ。

大人になった今だからこそ、両親の偉大さが分かる。

「そうなんだよな。それはいいとしてだ。さすがにそろそろ、お返しでもしようかなって思ってるんだ」

これまでもそういうことを言ってみたが、決まって「お返しなんかいらない」と返されてきた。

でもさすがにそろそろ、一度くらいは返礼をしてもいいんじゃないだろうか。

親と子どもではあるが、そこはそれ。

感謝の気持ちを形にしたって、バチは当たるまい。

誰が言ったか、元気でいることこそ一番の親孝行。

とはいうものの、ささやかなりでもいつもの感謝を形にしてみていいんじゃなかろうか。

「いいわね、お世話になってるし、私は賛成」

「そっか。じゃあ何か選んでみよう」

ふたりでパソコンを取り出して調べてみます。

ふたりで一台でも良かったのだけれど、お互いやりたいことがあった時のためにひとり一台用意してあるのです。

もちろんスマホでも調べられるし、それでじゅうぶんと言えばじゅうぶんではある。でも涼音もあずさもパソコンで仕事をしているので、こちらのブラウザの方が調べやすかったりする。

それはさておき。

涼音の父と母は、洋菓子よりは和菓子の方が好み。

別に洋菓子だから食べないというわけじゃないけれど。

「何がいいかなぁ？」

饅頭《まんじゅう》？

最中《もなか》？

どら焼き？

羊羹《ようかん》？

せんべい？

はて。

さすがに贈答品を前提とした商品だけあって写真で見ても特別感があり、大体の品物が送り先を設定できるようになっているし、「お中元」や「お歳暮」の熨斗《のし》も対応してくれるところばかりだ。

どれもパッとしない……というわけじゃなく。

「どれもよくて目移りする……」

「これだけあるとねぇ……」

意中のものが見つからないから悩んでいるのではなく。

意中のものがありすぎて悩んでいるわけである。

果たして何がいいだろうか。

どれを送っても喜んでくれるだろう。

何なら自分が食べたいまである。

それだけに、イマイチ決め手に欠けるのです。

「おっ？」

カチカチといろんなサイトをめぐっていると、ふと目についた文字。

天皇陛下御献上菓《ごけんじょうか》の文字。

なるほど、これは天皇陛下に献上されるほどに特別なお菓子なのか。

それ以外にも様々なコンクールで受賞しているみたい。

涼音の目に留まったのは常陸風土記《ひたちふどき》というお菓子。

パッと見ても美味《おい》しそうだ。

「これにしようかなぁ」

「どれどれ」

あずさが覗《のぞ》きに来ます。

「いいんじゃない？　美味しそう」

あんこが嫌いという人もいるけれど、涼音もあずさも嫌いじゃない。

むしろ好き。

そして、それは涼音の両親もだ。

「だよね、実家にはこれを送るよ」

「分かったわ」

お値段もとびぬけて高いわけじゃないし、ありだろう。

涼音の実家にだけ送って、あずさの実家に送らない、という選択はあり得ない。

「うちはどうしようかなあ？」

あずさもまたカチカチとマウスを動かして色々とページを移動しながらブラウジング。

矯《た》めつ眇《すが》めつ画面とにらめっこ。

「うーん、悩むわね……」

涼音と同様、あずさも悩んでいる様子。

なかなか決まらない。

自分で食べるわけじゃなくて、人に贈るものとなるとそうなるよなぁ……と、直近まで悩んでいた涼音は親近感。

あずさの両親も涼音の両親と同様、洋菓子より和菓子派だったはず。

でも。

「ああ、アイスでいいじゃない」

結構アイスも好きだったのです。

「これにする」

あずさが選んだのは銀座千疋屋《せんびきや》のプレミアムアイスクリームセット。

涼音が選んだ和菓子といい、あずさが選んだアイスといい。

どちらも自分たちでは絶対選ばないだろう高価なものだけれど、だからこそ贈答品として選ぶ価値がございます。

節約をしている有村家としてはちょっと大きな出費だけれど、日ごろの感謝なのだから惜しむ意味はございません。

「じゃあ手続きしちゃうよ」

「ええ。こっちもやっちゃうわ」

ふたりでカタカタとパソコンをいじって、すぐに終わる。

仕事じゃない、通販をお願いするだけなので。

「はいおしまい。お昼作っちゃおうかな」

あずさがお昼ごはんを作るために席を立ちます。

ちょうど時刻は十一時五十分。

「今日は何にしようかなー」

そんな彼女を尻目に、涼音は以前からほしいなと思っていたものをこっそりと購入。

ずっと飲んでみたいなと思っていたお酒。

これは会社の日本酒好きの先輩に教えてもらった、この季節限定という日本酒です。

普段飲んでいるお酒からするとちょっとお高いけれどたまにはアリ。

暑気払い《しょきばら》のようなものだから。

これが届いたら美味しい楽しい晩酌をしましょう。

今からワクワクが止まらないのでした。

「できたよー」

そんなことを考えているうちに、あずさがお昼ごはんを持ってやってきました。

涼音はパソコンをぱたんと閉じて、食卓からどかします。

ああ、今日は温かいおそばか。

うん、たまには温かいのもいい。

この季節は冷たいものばかり取りすぎて、身体の中が冷えてしまうから。

汗をかきながら熱いおそばを食べるのも、この季節ならではということ。

あずさは油揚げを載せてきつねそばでいくようです。

涼音もトッピング。卵と揚げ玉を投入して、月見たぬきそばにします。

相変わらず卵という食材は万能だ。

まずは卵を崩さずにつゆから。

「ずず……」

あー、染みわたる……。

氷が清涼な音を響かせる麦茶やキンキンに冷やした発泡酒など、このところは冷たいものをたっぷりと摂っていた。

もちろん食事は温かいものもあるし、お味噌汁だって飲んでいるけれど。

こういうおそばやおうどんの優しい温かさからは、久しく遠ざかっていたなぁと思いだす。

汗をかきかき食べるのも悪くない。

「んー、やっぱりめんつゆと白だしは偉大だわ」

どうやら今回のそばつゆはめんつゆと白だしを合わせたもののよう。

もちろんしょう油やみりん、かつお節や昆布などを合わせることで自家製そばつゆはできるのだけれど、それらの手間をかけることなくただ注ぐだけでこれほどに美味しいのだから、やはりめんつゆや白だしはいいものです。

涼音もあずさも多少料理は達者であると言えなくもないと自負してもいいかもしれないな、なんて思ったりもするものの、それはあくまでも家庭料理の範囲内の話。

その道のプロである大企業が日本全国に向けて、その名前を冠して多大なコストをかけて研究開発の末に発売したものなのだから、味は最初から保証されている。この味を超えるのは簡単ではございません。

もちろん自分でだしをとって一からつゆを作ることが悪いわけではない。めんつゆや白だしは適量の水で薄めるだけでできあがる手軽さと美味しさのコスパが非常に良い、という話です。

まあそんなことは置いておいて。

今は美味しい月見たぬきそばを楽しむとしましょう。

まずは素の状態で楽しんで。

半分くらい食べたところで卵を割って食べはじめます。

とろりと濃厚なコクがつゆに混ざって、得《え》も言われぬ美味しさが口の中に広がります。

実にたまりません。

やっぱりそばは美味しいなあ。

夏の暑い時期に、汗をかきながら食べるのも悪くはない。

ふたりでどんぶりの中を飲み干して、満足げな息を吐き出す。

実に美味しい。

夏だからって冷たいものばかりというのもあれなので、今後はラーメンなど温かいものも食べていきたいと思う涼音だった。

◇

翌々日、昼過ぎ——

「あー、このフライパンもいい加減買い替え時かな」

テフロン加工が剝《は》がれてしまっている。

それも二枚とも。

まあ仕方ありません。ほぼ毎日自炊しているのだから、調理器具のヤレもある程度の周期で起こるのです。

フライパンのテフロン剝がれや、鍋にこびりついてしまい取れなくなってしまった汚れ等々。

「じゃあ買いに行く？」

使えなくなる前、使いにくいな、がある程度積み重なる時点で買い替える。

調理器具は定期的に買い替えないと、料理のしやすさ快適さに直結するので、割と死活問題です。

こういうので「面倒ポイント」が積み重なってポイントカードがいっぱいになると、「自炊だるいから今日はいっか」が始まる。

その「今日はいっか」の回数が多くなっていくと、より自炊をしなくなる。

負の連鎖です。

調理器具の入れ替えは結構なコストがかかるものの、有村家ではおよそ一年半から二年に一度発生する必要経費になります。

多少のヤレくらいなら気にせず使うけれど、そこに我慢が混ざりはじめたらふたりして買い替えを検討する、というわけ。

「あー、そうねぇ。潮時《しおどき》かもね」

後ろからフライパンの状態を覗き込んだあずさも同意する。

彼女も日々使うから把握はしているはずなので、改めて確認した、というところでしょう。

「じゃあ買いに行こうか？」

「うん。いつものコーナンね？」

「そうそう」

有村家から歩いて行けるところに、ビックカメラとコーナンがございます。

調理器具や家電などもいつでも歩いて買いに行けるので便利。

別のお店に行きたければ、例えば家電なら錦糸町《きんしちょう》や秋葉原《あきはばら》にヨドバシがあるし、ホームセンターは平井駅と亀戸《かめいど》駅の間に島忠《しまちゅう》ホームズ、小岩駅との間にニトリ、奥戸《おくど》にビバホームがあるのでカーシェアで乗り付ければ良し。

電車やレンタカーという選択肢がある中で、歩いてでも行けるというのが恵まれておるなあ、と思うわけでございまして。

さてさて、とはいえちょっとだけ距離もあるので、行くと決めたならとっとと出発してしまいましょう。

思い立ったが吉日とばかりにさっと準備をして出かけます。

今日は曇っているのでまあまあ外に出やすい。

雨は降らないようなので傘の心配もいらないでしょう。

見上げてもどんよりとした空模様ではなく、薄手だけれどちゃんと陽光を遮《さえぎ》ってくれるくらいの雲が空一面に広がっております。これならば雨は降らないでしょう。

まあ、ゲリラ豪雨はあるかもしれないけど、それにぶち当たったらもう仕方ない。

夏場は降られることは織り込んでおかないとね。

歩いていけるんだから、降られても歩いて帰れるのでそんなに問題はなし。

夏だから濡れたところでそこまで。むしろ気持ちいいまでありそう。

のんびり歩いて、コーナンに到着しました。

「じゃあまずはフライパンかな」

入り口でかごを取ってコーナーを歩きぬけ、調理器具が並んでいるコーナーに到着しました。

フライパンの物色を開始。

テフロン加工のパンを二枚、それぞれ二十六センチのものをかごへ。

買うものなんて決まっているのでさっさとやってしまいます。

続いて小さめのフライパンも一枚手に取ります。

「こっちはどうする?」

「あー……でもこれはまだ大丈夫かも?」

今回買い替えるフライパンたちを買った時に、小さなフライパンも買いました。

しかしまあ、そちらはメインの大きいフライパンに比べると出番はそんなに多くはございません。

当然ながらそこまで劣化は進んでいないので迷うところではある。

買い替えるのもあり。

でもまだ使えるのに捨てるのか、という気持ちもあります。

「じゃあいっか、こっちは」

涼音は小さい方のフライパンを戻す。

使えるなら急いで買う必要はない。

小さい方は先ほども言った通りそんなに使わないし、何よりこれがダメになっても大きいフライパンで代替が可能なのです。

大は小を兼ねる、とはよくいったもの。

ちょっとしたものを炒《いた》めたいときには洗い物が楽に済むので、小さいフライパンも便利なのだけれど。

先ほども言った通り大は小を兼ねるので、無くても困るわけではないのが、購入を見送った主な理由。

「雪平鍋《ゆきひらなべ》もかな？」

「あれはもう取っ手がね」

ネジを締め上げてもすぐぐらついてしまうので、そろそろ限界なんですね。

こちらも買い換えます。雪平鍋はあると便利なので絶対に外せません。

「後は揚げ物のやつ」

「あー……汚れもう落ちないのよね」

油汚れはしつこい。

たわしのようなものも使っているけれど、なかなか。

鍋が傷つくだけで汚れが落ちなかったり。

これで落ちてくれるならいいのだけど、鍋が傷つくだけとなると気も滅入ってしまう。

「これなんかどう？」

あずさが目を付けたのは蓋つきの揚げ物鍋。

「ああ、ここにあげられるのね」

バットを用意しなくてもいいっぽい。

それはそれで便利だけれど。

「洗いやすいかな？」

「どうかな？　まあ試してみるのはいいかも？」

「そうね。ダメなら次は買わなければいいし」

「そうそう」

ということでこちらも購入。

後はハードに使い倒した菜箸《さいばし》とか、切れ味が悪くなってきた安物のピーラーも。

それから洗い物を置いておく布製の水切りも汚れてしまっているので、こちらも新品にしよう。

「あっ、それから油処理のやつ」

「あー、はいはい」

使った油を注ぎ込んで口を留めれば、そのまま捨てられる紙袋があるのです。

油の処理には欠かせないのでこちらも必ず購入。

「これくらいかな？」

「そうね」

こんなものでいいでしょう。

結構買った。

お支払いもなかなかの金額。

先日のお中元といい、出費が続いたけれど、必要経費ということで飲み込める買い物だったのが不幸中の幸いでしょうか？

ガラガラと音がする袋を持って帰り道を歩きます。

「あれ、雲が厚くなってる？」

ふと空を見ると、コーナンに向かっている途中では雲が薄かった空が、今はどんよりしている。

「降って来そうだなぁ」

「そうだねぇ」

この季節になると夕立《ゆうだち》、ゲリラ豪雨は珍しいものじゃない。

次の瞬間にはぽつぽつと来てもおかしくはないわけです。

「ま、帰るだけだから降られてもいいんじゃない？」

「それもそうだ」

あと十分も歩けば家に着きます。

これから別のどこかに寄ったりするわけでもないので、濡れてしまってもそんなに影響はない。

もしも涼しい気持ちいいを通り越して身体が冷えてしまったら、お風呂を沸《わ》かして少し温まればいい。

基本的には身体をある程度拭いて着替えてしまえば大丈夫でしょう。

空が厚い雲に覆《おお》われて日差しを受けていなくても、むわっとしていて結構暑いわけなので。

そのうちこの気温で乾いてしまうはず。

とはいえ、平気だからといって積極的に濡れるとかそんなことを考えているわけでもなく。

家まであと三分くらいというところで、ぽつぽつと来ました。

「あっ」

「あ」

降りそうだな、と思っていたら本当に降ってきた。

これはまずいかもしれない。

早足になって家路を急ぐ。

ぽつりぽつりとまばらだった雨の密度はあっという間に上がってきました。

「あー、こりゃ来るな」

「急ぎましょ」

周りを歩いている人たちもかなりの早足で急いでいる。

これはゲリラ豪雨が来る、と感じているんでしょう。

この期《ご》に及んでこれだけで済む、とは思っていないと察せられる。

急いだおかげですぐにアパートに到着。

部屋に入ったところで窓の外を開けると、もう普段の「雨の日」の本降りくらいまでいっていることが分かる。

「ふう、危ない危ない」

なんて言っているうちにどんどん雨足は強くなって、あっという間に視界が悪くなるほどに降りはじめた。

ドザー、なんて雨が屋根を叩く音が聞こえてきます。

しずくが跳ねて部屋に入ってくるので、涼音は適当なところで窓を閉めます。

「セーフだったわね」

タオルで濡れたところを軽く拭いているあずさがタオルを渡してきました。

「ありがとう」

涼音も適当に身体や顔を拭く。

豪雨ほどじゃなくても本降りには晒《さら》されたけれど、それも一瞬ではあった。

そのおかげかそこまでがっつりとは濡れずに済んだのです。

このくらいなら冷えるというところまではいかない。

とはいえ濡れてしまったTシャツがうっとうしいのでこちらは着替えてしまいます。

「いやー、これは間一髪だった」

ゲリラ豪雨といえば、時に死者が出ることもあるような大雨だ。

そしてそれは長くても一時間程度でやんでしまい、正確に予想するのも難しいという。

だから庶民としては、空の様子や実際に降ってから自衛するしかない、というかその方が確実であります。

相変わらず外はバケツをひっくり返したような豪雨。

とんでもないものです。

本当に、間に合ってよかった。

「びっちゃびちゃになったら、拭かなきゃいけなかったからね」

家の中がびしょびしょになってしまう。

ゲリラ豪雨が来るだろう、と雑巾《ぞうきん》やタオルを玄関に用意しているわけでもなかったから。

そうなったら後始末も大変だったに違いない。

まあ、こうして間に合ったのでいいでしょう。

さて、さっそくフライパンの入れ替えを行ないましょう。

あずさが大きいフライパン二枚をシンク下の戸棚から取り出して玄関近くへ置きます。

それから雪平鍋、揚げ物鍋もフライパンの近くに。

菜箸とピーラーも取り出し、菜箸は燃えるゴミに、ピーラーはフライパンの中に入れてしまう。

その間に涼音は買ってきたものをシンクの上に置いて、パッケージなどを取り外してから洗う。

使う前に洗うのは当然。

洗い終わったら新しい水切りの上に置いて乾かす。

洗うのなんて大した量はないのですぐに終わります。

後は拭き取って戸棚にしまえばおしまいです。

「よし、終わり」

処分する調理器具を見る。

それを見ると、ずいぶんと使い込んだのが見て取れる。

さすがにここまで使い込んだらもうじゅうぶんでしょう。

雪平鍋も金属の部分は問題ないのだけれど、やはり柄の部分が先にダメになってしまった。

どうしても先にこっちにガタが来てしまうようだ。

まあ仕方ないでしょう。

時刻は夕方。

コーナンで買い物に出たのが十五時過ぎ。

それから買い物をして帰る時にゲリラ豪雨に降られて。

あの豪雨は夕立だったのでしょう。

もうすでに十七時前になっておりました。

「そろそろ夕ごはんの準備をはじめてもいいかな」

「そうね、いいんじゃないかしら」

心なしか、あずさの声もちょっとはずんでいるような気がします。

「さて、今日は三連休の最終日だから……」

何か特別なものを作る？

いえ、特別なものはすでに用意してあるので、作るものはいつもの料理でいいでしょう。

まずは材料の用意。

鶏むね肉。にんにく。アスパラ。ピーマン。豚バラ肉。

こんなところでしょう。

作るのは鶏むね唐揚げとアスパラのホイコーロー。

キャベツを使わずに作るホイコーローです。

ホイコーローというのはキャベツと肉、というイメージが強いけれど、本来は季節野菜を入れたものがホイコーローになる。

なので必ずしもキャベツじゃないといけないわけじゃなく。

様々な野菜を通年手に入れやすい日本で作るなら、いろいろな野菜を入れて作ってみてもいい。

もちろん、食べなれたキャベツで作ってもＯＫ。

今回涼音はキャベツじゃなくてアスパラを選んだというわけ。

さてさてさて。

ひとまずは鶏むね肉から下準備をはじめます。

一枚肉を真ん中から半分に切り、続いて削ぐように薄く。

そしたらすべてジップロックに放り込んだら、しょう油、みりん、料理酒。

ここで本来なら塩コショウを振るのだけれど、今は「ほりにし」のアウトドアスパイスを使用します。

こちら、買って美味しく楽しく使っていたのだけれど、使用ペースと残量からは賞味期限を過ぎてしまいそうなので、ここで塩コショウ代わりにするのです。

赤トウガラシやコリアンダー、ローレルやローズマリー、それにチキン調味料。

抜粋しただけでこれだけのスパイスや香辛料、調味料が配合されているので、これを使えば旨味が増えるのです。

なのですが、これを使うときと、使わずに塩コショウで味付けを済ませるときなどがあります。最近賞味期限がヤバいことに気付くまでは、意識しないと使わなかったのです。

なので今回はこれを下味に使うけれど、本来は塩コショウで十分事足ります。

最後ににんにくをすりおろすためにチーズグレーターですりおろして鶏むね肉にかけた

ら、ジップロックを閉じて揉みこむ。

むね肉全体が漬かったら空気を抜いてもう一度閉じてそのまま放置します。

できれば三十分くらい置いておきたい。冷蔵庫で冷えきった肉を油に入れても火が通る前に衣が焦げてしまったりするので、常温に戻しておきたいわけ。

冬場は三十分置いておけるのだけれど、今は夏。気温が高いためにそんなに放置はできないから注意をしないといけない。

「よしよし」

後は味がむね肉になじんだら揚げれば良し。しかしまあ、適当なタイミングで触れつつ、温度が上がりすぎないように注意しないと。

しかし、鶏むね肉は実にお得な食材です。百グラムで八十円とか、もっと安かったりもする。

ぱさぱさしやすいのでちょっと難しい食材でもあるけれど、そこをクリアできれば優秀も優秀。

美味しく食べられるように料理がうまくいけば、お値段のお得感も相まって満足度は下手《へた》な高級お肉より高いまでありえます。

じゃあ別の準備をはじめましょう。

まずは豚バラをまな板に並べて厚切りにします。

さぁて、まな板を交換してアスパラとピーマンも切っておきます。

これで下ごしらえは完了。まな板と包丁はお役御免。

フライパンに油をひいて温め、炒めていきます。

豚バラに火が通ったら一回バットにあげておこう。

続いてホイコーローのたれを作りましょう。

甜麺醤《テンメンジャン》、コチュジャン、しょう油、料理酒、おろしにんにくを混ぜ合わせたら、たれのでき上がり。

そしたらバットにあげておいた豚バラ肉にたれをかけて漬けておきます。

この手順なのは、野菜と肉だと肉の方が火が通るのが早いから。

野菜にある程度火を通してから、肉を改めてフライパンに入れて炒めるわけです。

「これで十五分くらいか」

意外と時間が経過している。

そう、料理って、意外と時間がかかるのですよ。

それは、どうしても炒める時間とか下味で放っておく時間とか、そういうところの短縮はできないからです。

だから世の中には、料理というものがもっと大変だって伝わるべき。

鶏むね肉を触ると、冷蔵庫から出した時の冷たさはなりを潜めている。これ以上温まるのは面白くないのでいったん冷蔵庫に退避させておきます。

さて、料理の続き続き。

次はアスパラとピーマンを炒めるところです。

完全に火が通らないタイミングで、漬けておいた豚バラ肉をたれごとフライパンに投入して炒めるという手順になる。

「じゃあアスパラとピーマンをば……と、その前に」

忘れておりました。その前に揚げ物鍋に油を用意して火にかけ、片栗粉と小麦粉を五対五の配分（大体）で用意しましょう。

ここでアスパラとピーマンを炒めて、火が完全に通る前に肉を投入するんだけど。

その前に冷蔵庫から鶏むね肉を出して衣につけて油にゆっくりと入れていく。ぱちぱちといい音がします。

美味しそうな音と油の匂いだけでもお酒が飲めそう。

まあまあ待ちなさいよ。

唐揚げを揚げている間に豚バラをフライパンに投入し、一気に野菜と合わせながら炒める。

野菜も完全ではないにしろ火は通っているので、たれが野菜に完全に絡んで、肉がアツアツになるように、そして野菜に完全に火が通ったら完成でございい。

「よしよしこれでどうかな？」

鶏むねの唐揚げの方はどうでしょうかね？

新調した菜箸であげてみると、いい感じっぽい。

せっかくなので蓋の部分の網にあげてみよう。

ひとつずつあげていきます。入れたタイミングで揚がり具合が変わるので、油からあげるタイミングも変わるということで。

鶏むね肉を引き上げつつ、ホイコーローもかき混ぜます。

「おお」

切れた油が鍋の中に落ちていくのでバットがいらない。

ストッパーがついているので、唐揚げが油の中に落ちることもない。

いい感じです。

後はお手入れがどうかだけど、涼音的にはかなり便利なので、お手入れが多少面倒だろうと飲みこめる気がする。

余熱で唐揚げに火を通しつつ、もちろんホイコーローの方もほったらかしではありません。

というか、もうそろそろお皿に盛ってしまってもよいでしょう。

最後にごま油をひと回ししてから全体になじませ、お皿に盛る。

続いて蓋に載せておいた鶏むね唐揚げをお皿に移し、端にマヨネーズを搾《しぼ》って七味をかける。

本日のお肴、アスパラホイコーローと鶏むね唐揚げの完成でございます。

「おおー、今日はがっつりね」

美味しくできたと思う。

テーブルに置いて。

その間にあずさが取り皿と箸を用意してくれています。

さて涼音は、今日のためのとっておきを取り出します。

「あ、ついに来たんだね！」

あずさの声も思わず弾む。

涼音が取り出したるは、この季節限定の日本酒、タコイズブルー。

さわやかな緑色の瓶《びん》。ラベルには青色で躍動感あるタコが描かれている。

注文する時はこっそりやったのだけれど、さすがにこれをずっと隠し通すのは不可能だ。

午前中に届いたのをばっちりあずさにも見られた。

頼んだのがあずさも興味がないものだったら、お小言くらいはもらっていたかもしれない。

しかし涼音は言い訳も用意していたのです。

「僕たち自身に向けてお中元を贈ったんだよ」と。

しかし届いたのが季節限定の日本酒とあらば、あずさの顔は曇ったままではないということ。

読み通りでした。

あつあつの肴に、キンキンに冷えた夏の冷酒。

そしてグラスも同じくキンキンキン。

しかもグラスはもう一組冷やしてある。

これでまずいなんてことがあるだろうか。

いや、ない。……と思いたい。

飲んだことがないお酒なので、美味しいと言われていても飲むまでは分からない。

とはいえ。考えて答えを探すのは無意味だ。

今から飲むのだから。

キャップをぱきりと開けて。

「はい」

「ありがと」

まずはあずさのグラスに注いでいきます。

大体六割くらい。

「じゃあ注いであげる」

「ありがとう」

涼音もあずさに注いでもらいます。

さあ後は御託《ごたく》は不要。

湯気が立っているうちに食べましょう。

冷めてしまってはせっかくの肴も魅力も半減してしまうから。

「じゃあカンパイ」

「カンパイ」

キン、とグラスを打ち合わせ、まずは一口。

に反して本格派。

「おおー」

「これ美味しい」

果実のようなさわやかな香り。

しかし辛口の純米吟醸《ぎんじょう》酒だから、ターコイズブルーをもじった名前のジョークっぽさに反して本格派。

本当に美味しい。

後味も余分なものが残らないので、食べながら飲むのにちょうどいい。

これは買って大正解でした。

さて、これを彩ろうとして作った鶏むね肉の唐揚げとホイコーロー。

まずは鶏むね肉の唐揚げを一口。

さくり。

成功だ。

涼音は思わずガッツポーズ。

ぱさぱさしていない。

それでいて柔らかい歯ごたえ。

味もしっかりついていて、このままでも十分美味しい。

このままでもいいんだけど、いけないこともちゃんとしてみましょう。
七味マヨネーズにつけてぱくり。
そしたら舌の上でさくり。
うまっ。
たまらない。
これにタコイズブルーをぐいっと。
「……極楽」
この唐揚げの出来と美味しい日本酒。満足感は尋常じゃなかった。
「これ、むねでしょ？　柔らかいね。ぱさぱさしてないし」
「うん、思った以上にうまくできたよ」
あずさからの評価も上々。
彼女もキュッと日本酒を呷《あお》って、幸せそうな顔をしている。
あずさが美味しいと言ってくれるなら、今日の料理は大成功でございます。
さて続いてはアスパラのホイコーローをば。
こちらはどんなもんかな？
まずはアスパラとお肉を取って一口。

シャキッとしたアスパラの食感と、たれに漬けたことでしっかりとしみしみの味がたまりません。

これは絶対日本酒に合う。

キュッとやると、甘辛いホイコーローのお味を、きりりとした辛口の日本酒が洗い流していく。

「ふう……」

思わず漏れてしまったため息。

どちらも実にイイんだけど。

涼音的に好みの組み合わせはタコイズブルーとホイコーローでした。

これは酒が進む。

実にけしからん。

「あずさはどっちがいい？」

ホイコーローと日本酒をキメて満足感一入《ひとしお》のあずさに聞いてみる。

「ん？　私は唐揚げかな。この脂っこいやつをここまですっきり楽しめるなんてたまらないよ」

「分かる」

「涼音はどう？」

「僕はホイコーローかな。甘辛いたれをさわやかな辛口の日本酒が流していく感じがいい」

お互いに感想を聞いて。

お互いに「あー、なるほど」と納得。

ここまで美味しいお酒だから負けてしまうかなと思ったけれど、意外にも十分に引き立ててくれた。

脇役になりすぎず、しかし主張が強すぎて日本酒を食うこともなく。

お酒を主役にしつつ、名脇役として主役を輝かせる肴ができた。

たまらない美味しさ。

今日はとても大満足の一日だった。

目的通りの買い物ができて。

美味しいお酒が楽しめた。

加えて午前中には涼音の両親とあずさの両親それぞれから連絡があった。

お中元なんていらないよー、なんて言いながら喜んでくれたみたいでなにより。

これなら贈った甲斐があるというものです。

年に何度も贈るわけではないけれど、一年に一回くらいはこんなことをしてもいいかもしれない。

ほんのちょっとした親孝行です。

日々の節約生活のなか、しかしこのくらいのことなら、お金をちょっと出したところで罰は当たらないでしょう。

美味しいお酒を楽しく飲んで食べて。

そのうえでちょっとばかりの親孝行と。

そして日々の健康。

それは肉体的な健康もだけれど、心の健康も。

一役買うのはもちろん楽しい晩酌。

平和で楽しい夫婦生活をこれからも続けていくために、心の健康を保つのは非常に大事なこと。

だからお酒を飲むのは、僕たち私たちふたりにとってはとても大事なこと。

それに同意するかのように、傾けたグラスの中の水面《みなも》が揺らいだ。

一〇〇字書評

切・り・取・り・線

購買動機（新聞、雑誌名を記入するか、あるいは○をつけてください）	
□（　　　　　　　　　　）の広告を見て	
□（　　　　　　　　　　）の書評を見て	
□ 知人のすすめで	□ タイトルに惹かれて
□ カバーが良かったから	□ 内容が面白そうだから
□ 好きな作家だから	□ 好きな分野の本だから

・最近、最も感銘を受けた作品名をお書き下さい

・あなたのお好きな作家名をお書き下さい

・その他、ご要望がありましたらお書き下さい

住所	〒				
氏名		職業		年齢	
Eメール	※携帯には配信できません	新刊情報等のメール配信を 希望する・しない			

この本の感想を、編集部までお寄せいただけたらありがたく存じます。今後の企画の参考にさせていただきます。Eメールでも結構です。

いただいた「一〇〇字書評」は、新聞・雑誌等に紹介させていただくことがあります。その場合はお礼として特製図書カードを差し上げます。

前ページの原稿用紙に書評をお書きの上、切り取り、左記までお送り下さい。宛先の住所は不要です。

なお、ご記入いただいたお名前、ご住所等は、書評紹介の事前了解、謝礼のお届けのためだけに利用し、そのほかの目的のために利用することはありません。

〒一〇一－八七〇一
祥伝社文庫編集長　清水寿明
電話　〇三（三二六五）二〇八〇

祥伝社ホームページの「ブックレビュー」からも、書き込めます。
www.shodensha.co.jp/
bookreview

祥伝社文庫

夏《なつ》の酒《さけ》 涼音《すずね》とあずさのおつまみごはん

令和 5 年 7 月 20 日　初版第 1 刷発行

著　者　内《うち》田《だ》 健《たける》
発行者　辻　浩明
発行所　祥伝社《しょうでんしゃ》
東京都千代田区神田神保町 3-3
〒 101-8701
電話　03（3265）2081（販売部）
電話　03（3265）2080（編集部）
電話　03（3265）3622（業務部）
www.shodensha.co.jp
印刷所　堀内印刷
製本所　ナショナル製本
カバーフォーマットデザイン　芥 陽子

Printed in Japan ©2023, Takeru Uchida ISBN978-4-396-34899-1 C0193